GAOZHONG
YUWEN
高中语文
配套阅读
PEITAO
YUEDU

YESHENGTAO SANWENJINGXUAN

叶圣陶◎著

叶圣陶散文精选

长江出版传媒 | 长江文艺出版社

图书在版编目（ＣＩＰ）数据

叶圣陶散文精选 / 叶圣陶著. -- 武汉：长江文艺
出版社，2020.12
ISBN 978-7-5702-1805-9

Ⅰ.①叶… Ⅱ.①叶… Ⅲ.①散文集－中国－现代
Ⅳ.①I266

中国版本图书馆 CIP 数据核字(2020)第 172529 号

责任编辑：马　蓓　　　　　　　责任校对：毛　娟
封面设计：天行云翼·宋晓亮　　　责任印制：邱　莉　　王光兴

出版：长江出版传媒　　长江文艺出版社
地址：武汉市雄楚大街 268 号　　　邮编：430070
发行：长江文艺出版社
http://www.cjlap.com
印刷：武汉市首壹印务有限公司

开本：640 毫米×970 毫米　　　1/16　　印张：12.75　　　插页：1 页
版次：2020 年 12 月第 1 版　　　　2020 年 12 月第 1 次印刷
字数：128 千字

定价：22.00 元

目　录

1

晓　行

　　朝阳还没升高，我经过田野间，四望景物，非常秀丽且静穆。一带村树都作浅黛可爱的颜色，似乎正在浮动。我便忆起初见西湖时的情绪：那时是初夏的朝晨，出了钱塘门，经过了一带石壁，忽然间全湖在目。环湖的浅青的山色含有神秘而不可说的美，我只觉无可奈何，同时也遗忘了一切。这是一种不可描绘的情绪，过后思量，竟是我生享受美感的很满足的一回。现在那些远处的村树仿佛是连绵的青山，而我所得的印象又与初到西湖时相似，然则我不是野行，竟是在湖上荡桨了。我原有点渴忆西湖呢，不料无意间得到了替代的安慰。

　　田里的麦全已割去。农人将泥土翻转来，更车了河水进来浸润着，预备种稻。已成形而还不曾长足的蛙就得了新的领土。他们狭小的喉咙里发出阔大而烦躁的声音，彼此应和，连成一片。他们大多蹲在高出水面的泥块上，或从此处跳到彼处；头部仰起，留心看去可以看见他们白色的胸部在那里鼓动。当我经过他们近旁的时候，他们顺次停止了鸣声，极轻便地没入水中。不一会，我离他们较远，一片噪音又在我背后喧闹了。

　　印有人及家畜的足迹的泥路上竟没一棵草。两旁却丛生野草，大部分是禾本科的植物，开着各色的小花——除了昆虫恐怕再没有注意他们的了。细小而晶莹可爱的露珠附着在花和叶上，很有可玩的意趣。远处粪肥的气味微微地送入我的鼻管，充满着农田生活的感觉，使我否认先前的假想：我并不在清游雅玩的西湖上。

我走到一个池旁。岸滩的草和傍岸的树映入池中，倒影比本身绿得更鲜嫩，更可爱。这时候池面还没受日光的照耀，深蓝色的静定的池水满含着沉默。池面的一角浮着萍叶，数叶攒聚处矗起些桂黄色的小花——记得前几天还没有呢。偶然有些小鱼游近水面，才起极轻微的波纹，或者使萍花略微颤动。

靠着池的东南岸是一所破旧的农舍，屋后有一个水埠通到池面。我信足走去，已到了那所屋舍的前面。一扇板门开着，里面只见些破的台凳和高低不平的泥地。门旁两扇板窗都撑起，一个女孩儿站在窗下。屋前一方地和屋的面积一样大，铺着长方的小砖，是他们的曝场。

那女孩儿有略带红色的头发，非常稀疏，仅能编成一条小辫子；面孔很瘦削，呈淡黄色；眼光作茫昧的瞪视。她见了我，只是对我看，仿佛我身上丛集着什么疑讶。

我不曾走过这条路，看前面都种着豆，不见通路，疑是不能通过的了。便问她道："从这里可以到那条河边么？"这个问询减损了她疑讶的神情的大部分，她点头道："转过去就是。"我答应了一声，再往前去。她又说："但是豆叶上全是露水，要沾湿你的衣裳和鞋。"我说："不要紧。"就分开两边的豆茎，顺着很狭的田岸走去。我虽然没听她的话，心里却感激她对于我——她的不相识者——的好意。

走完了种豆的地方便到河岸，我的鞋和衣裳的下半截真湿了。

河水和池水一样的深蓝和静定，但因潜隐的流动有几处发出光亮。对岸的田里有几个农人在那里工作，因田地的空旷显出他们的微小。和平而轻淡的阳光照到田面，就像对一切给予无限的生意，一条田岸，一方泥土，和农人手里的一柄锄头，都似乎物质里面含有内在的精神。

我站着望了一会，便沿着河走。在我的前路有两个农人在那里车水：一架手摇水车设在岸滩，他们俩各执一个柄摇动机关，引河水到田里。不多时我已到了他们俩眼前。一个农人非常高大，露出的皮肤全是酱一般的颜色；面部皱纹很多，有巨大的眼睛和鼻子。他约摸四十岁。又一个是二十出头的年纪，面目很像城市间的读书人；皮肤也不至于深赤；但是他四肢的发达的肌肉可以证明他是久操农作的人。他们俩只顾工作，非但不交一语，并且不看一看共同操作的伴侣。这个情形无论到什么地方都可遇见，锯开一段木头的两个木匠，同一作台的两个裁缝，都是好像没有第二个人在他们旁边似的。旁人看着他们，就要想他们何以耐得这般寂寞。其实旁人不就是他们，究竟寂寞与否怎便能断定呢！

水车引起的水经过一条临时掘成的沟流到田里。那条沟横断我的前路，而且有好些湿泥壅在两旁。我提起了农服，正要跨过那条沟，那个年长的农人笑着对我说："须留心跨，防跌跤。"他说时两手停了工作，那个年轻的也停了，繁喧的水车声便戛然而止。

我说："不妨事，我能跨。"身体略一腾跃，已过了小沟。我来这一条未尝走惯的路上觉得一切的景物都新鲜，看农人车水也有趣味，时光又很早，所以就停了脚步。

他们俩见我过了小沟，便继续他们的工作。那年长的看着我问道："先生是在那边学堂里的么？"

"是的。"

"那里的学生不止二三百吧？"

"不错，四百有余。"

"那些学生真开心，我从你们墙外走过，只听见他们笑和闹。大约不会有逃学的了。"

"逃学的确然没有，"停了一会，我问他说，"今年的麦收成想还不差，结实的时候不曾有过大风雨呢。"

"今年很好，五六年没有这样的收成了。"

"现在你这块田预备种稻了？"

"是的，"他指着五十步外一方秧田说，"那里的秧已长得那么高，赶紧要插了。"

我望那方秧田，柔细而嫩绿的秧生得非常整齐，好似一方绿绒。那种绿色是自然的色彩，决不能在画幅中看见，真足以迷醉人的心目。

他接着说："我们在这田里车足了水，更犁松了泥土，就可以插秧。至迟到后天下午我们必得插秧。"他说时脸上有一种欣悦的神采，更伴着简朴真挚的微笑。

我说："此后你们要辛苦了，添水拔草等工作你们天天要做，四无遮盖的猛烈的太阳又专和你们为难。你们以为这些是苦楚不是？"

"我们的日子自然不及你们那么舒服，但是也不见得苦楚。你们看我们以为苦楚，其实我们是惯了。我们乡村里的人谁不曾将两腿没在水田里尽浸？谁不曾将身体挺在太阳光中尽晒？我们从小到大都是这样，管什么苦楚不苦楚？"

"你们一定爱你们田里种的东西。"

"那自然，那是我们的性命。我们看他们很顺遂地发达起来，就好比我们的性命更为坚固且长久。前年那些天杀的小虫来吃我们的稻：一块田里的稻都已开花，忽然每棵稻的中段都折了，茎也枯萎了。留心看去，都是那些天杀的在那里作恶！我们没有法想，只对着稻田叹气！"他引起了以往的愤恨，语音便沉重且有停顿——这是乡村中人普通的愤恨的征象。

"你们为什么不捕捉？城里曾经派出许多人员教你们预防和捕捉的法子。"

"预防呢，我们不很相信那叫也叫不清楚的药料。晚上点了灯，盛了油，待他们来投死，确是个靠得住的法子，但是要大家一齐做才行——这怎么办得到呢？独有一两家这么做，自己田里的捉完了，别家田里的吃到没得吃了，就难民一般地搬了来，还是个捉如未捉。"

"前年的灾情真厉害。去年好些吧？"

"好些，"他冷笑着说，"但是总不能灭尽！他们作恶一连十几年，哪一年不和我们为难，至多恶毒得轻些罢了。"

"田主减收你们的田租吧？"

"总算减短些。"他仍旧冷笑。

"减短多少呢？"

"不一定。他们中间很有几家专会用取巧的法子。他们所有的田不一定全受虫灾，但是被灾的多，便统打个九折收租。他们的意思并不是要没受灾害的得些好处，简直是使受灾的更受些灾害！然而他们有他们的说法，'唯有这样才便于计算；否则怎能一块一块田都

5

看到，确定出应收的成数呢？'又有几家，他们先抛大了米价，却挂出牌子来说田租统打七五折。大家听了这一句，以为他们的租轻松些，便争先缴租给他们。到末了他们的收数独多，还是他们占了便宜。"

"前年你的田租打了几折？"

"我么？"他摇动水车格外用力，借此发泄他的不平，"自然是九折！先生可知道我种的谁家的田？"

"不知道。"

"邵和之，他的家就在你们学校的东面，先生总该知道。"

我便想起常在沿街的茶馆里坐着的那个人。他每天坐在靠墙角的桌旁。瘦削的两颊向里低陷；短视的眼睛从眼镜里放出冷酷的光；额上常有皱纹，因为常在那里思虑；总之，他的面孔全部含着计算的意思。我不曾见他和别的茶客谈话，除了和催甲或差吏计议农人积欠的田租的数目。——我所知于他的只有这些，但总算是知道他的，便答应那农人道："我知道。"

"你想，我种的田就是他的，自然是九折了！"

"我不很知道他的底细，他收租很厉害么？"

"厉害！"他停了一会，又说，"田主收租谁都厉害，手段硬些软些罢了。邵大爷是惯用硬功的大王。"

"怎见得呢？"

"他算出来的数目就好比石头的山，不能移动一分。任你向他诉说恳求，巴望他减短一点，他的头总不肯点一点。欠了他的租，他就派差吏来叫去，由他说一个日期，约定到那一天必须缴还。他那双眼睛真可怕，望着他怎敢再求，只有答应下来，回来想法子，借

6

债当东西全都做到，只求不再看他那双可怕的眼睛。"

他们俩停了手，挺一挺腰，望着四围舒一舒气，预备休息一会。河面忽然有一个声音，好似谁投了一块砖石。我无意地自语道："什么？"看河面时，水花慢慢地扩散开来，最大的一圈已碰着对岸而消灭了。

那年轻的农人用艳羡的语气说："该是一尾好大的鲤鱼。"他说时注视着河面。

"那位邵大爷，"年长的农人向我说，因为水车停了，显出他声音的响亮，"他有一次真是石头一般地定心，叫人万万学不来。他坐了船到东面杨家村里去收租。一家人家同他约了那一天的期，但是竟没法想，一个钱也弄不到。那个男子情急了，看见船摇进村，便发痴一般地避到屋后的茅厕里。差吏进门要人时，只见一个女人，知是避开了，略一搜寻，便从茅厕里把他拖了出来。那男子十分慌张，嘴里却说：'我已有了钱，今天统可还清。'差吏听说，自然放了手。哪知那男子拔脚飞跑，竟往河里一跳！看见的人齐喊起来，一会儿村人都奔了出来。水里的人已冒了几冒，沉下去了。那时候邵大爷的舟子见将有人命交涉，恐怕被村人打沉了他的船，急急解缆想要逃走。你知那位邵大爷怎样？他跨上船头喝住舟子不许解缆。他的脸上毫没着急的意思，大声对岸上的人说：'欠租是何等重大的罪名！他便溺死了，还是要向他女人算！'那时村人个个着急，听邵大爷的说法又觉得不错，哪还有劲儿打他的船，只拼命将河里的人救了起来。后来那个男子还是卖掉了留着自己吃的一石米，还清了租，才算了结。"

我听了这一段叙述，心里起一种憎恨的情绪，但并不只为那个姓邵的。因此，我低头望着河水——那时已不是深蓝的颜色，因为太阳升高了，——不答说什么，只发出个"哦"的声音。

"种了这种人的田，客客气气早日还租就是便宜。"他一手撑在水车的木桩上，以很有经验的神情向我这么说。

"像你，种田过活，还过得去吧?"我想和我对面的人或者也曾受过严酷的逼迫，所以急切地问他。

"多谢先生，我还算过得去。单靠这几亩田是不济事的。我另有几亩烂田，一年两熟半，贴补我不少呢。"

"那就舒服了。"我如同身受那么安慰。

水车的机关又转动了，河水汩汩地流入田里。我想我的工作快要开始了，怎能只看着他人工作呢?我对那农人说："他日再同你谈吧。"便向前走去。

水车的声音里带一个似乎很远的人语声——"改日再会"——在我的背后。

生　活

　　乡镇上有一种"来扇馆"，就是茶馆，客人来了，才把炉子里的火扇旺，炖开了水冲茶，所以得了这个名称。每天上午九十点钟的时候，"来扇馆"却名不副实了，急急忙忙扇炉子还嫌来不及应付，哪里有客来才扇那么清闲？原来这个时候，镇上称为某爷某爷的先生们睡得酣足了，醒了，从床上爬起来，一手扣着衣扣，一手托着水烟袋，就光降到"来扇馆"里。泥土地上点缀着浓黄的痰，露筋的桌子上满缀着油腻和糕饼的细屑；苍蝇时飞时止，忽集忽散，像荒野里的乌鸦；狭条板凳有的断了腿，有的裂了缝；两扇木板窗外射进一些光亮来。某爷某爷坐满了一屋子，他们觉得舒适极了，一口沸烫的茶使他们神清气爽，几管浓辣的水烟使他们精神百倍。于是一切声音开始散布开来：有的讲昨天的赌局，打出了一张什么牌，就赢了两底；有的讲自己的食谱，西瓜鸡汤下面，茶腿丁煮粥，还讲怎么做鸡肉虾仁水饺；有的讲本镇新闻，哪家女儿同某某有私情，哪家老头儿娶了个十五岁的侍妾；有的讲些异闻奇事，说鬼怪之事不可不信，不可全信。有几位不开口的，他们在那里默听，微笑，吐痰，吸烟，支颐，遐想，指头轻敲桌子，默唱三眼一板的雅曲。迷蒙的烟气弥漫一室，一切形一切声都像在云里雾里。午饭时候到了，他们慢慢地踱回家去。吃罢了饭依旧聚集在"来扇馆"里，直到晚上为止，一切和午前一样。岂止和午前一样，和昨天和前月和去年和去年的去年全都一样。他们的生活就是这样了！

城市里有一种茶社，比起"来扇馆"就像大辂之于椎轮了。有五色玻璃的窗，有仿西式的红砖砌的墙柱，有红木的桌子，有藤制的几和椅子，有白铜的水烟袋，有洁白而且洒上花露水的热的公用手巾，有江西产的茶壶茶杯。到这里来的先生们当然是非常大方，非常安闲，洪亮的语音表示上流人的声调，顾盼无禁的姿态表示绅士式的举止。他们的谈话和"来扇馆"里大不相同了。他们称他人不称"某老"就称"某翁"；报上的记载是他们谈话的资料，或表示多识，说明某事的因由，或好为推断，预测某事的转变；一个人偶然谈起了某一件事，这就是无穷的言语之藤的萌芽，由甲而及乙，由乙而及丙，一直蔓延到癸，癸和甲是绝不可能牵连在一席谈里的，然而竟牵连在一起了；看破世情的话常常可以在这里听到，他们说什么都没有意思都是假，某人干某事是"有所为而为"，某事的内幕是怎样怎样的；而赞誉某妓女称扬某厨司也占了谈话的一部分。他们或是三三两两同来，或是一个人独来；电灯亮了，坐客倦了，依旧三三两两同去，或是一个人独去。这都不足为奇。可怪的是明天来的还是这许多人；发出洪亮的语音，做出顾盼无禁的姿态还同昨天一样；称"某老""某翁"，议论报上的记载，引长谈话之藤，说什么都没有意思都是假，赞美食色之欲，也还是重演昨天的老把戏！岂止是昨天的，也就是前月，去年，去年的去年的老把戏。他们的生活就是这样了！

上海的马路上，来来往往的，谁能计算他们的数目。车马的喧闹，屋宇的高大，相形之下，显出人们的混沌和微小。我们看蚂蚁纷纷往来，总不能相信它们是有思想的。马路上的行人和蚂蚁有什么分别呢？挺立的巡捕，挤满电车的乘客，忽然驰过的乘汽车者，急急忙忙横穿过马路的老人，徐步看玻璃窗内货品的游客，鲜农自炫的妇女，谁不是一个蚂蚁？我们看蚂蚁个个一样，马路上的过客又哪里有各自的个性？我们倘若审视一会儿，且将不辨谁是巡捕，谁是乘客，谁是老人，谁是游客，谁是妇女，只见无数同样的没有思想的动物散布在一条大道上罢了。游戏场里的游客，谁不露一点笑容？露笑容的就是游客，正如黑而小的身体像蜂的就是蚂蚁。但是笑声里面，我们辨得出哀叹的气息；喜愉的脸庞，我们可以窥见寒噤的颦蹙。何以没有一天马路上会一个动物也没有？何以没有一天游戏场里会找不到一个笑容？他们的生活就是这样了。

我们丢开优裕阶级欺人阶级来看，有许许多多人从红绒绳编着小发辫的孩子时代直到皮色如酱须发如银的暮年，老是耕着一块地皮，眼见地利确是生生不息的，而自己只不过做了一柄锄头或者一张犁耙！雪样明耀的电灯光从高大的建筑里放射出来，机器的声响均匀而单调，许多撑着倦眼的人就在这里做那机器的帮手。那些是生产的利人的事业呀，但是……他们的生活就是这样了！

一切事情用时行的话说总希望它"经济"，用普通的话说起来就是"值得"。倘若有一个人用一把几十位的大算盘，将种种阶级的生活结一个总数出来，大家一定要大跳起来狂呼"不值得"。觉悟到"不值得"的时候就好了。

第一口的蜜

欣赏力的必须养成，实已是不用说明的了。湖山的晨光与暮霭，舟子同樵夫未必都能够领略它们的佳趣。名家的绘画与乐曲，一般人或许只看见一簇不同的色彩，只听见一阵繁喧的音响。一定要有个机会，得将整个的心对着湖山绘画乐曲，等等，而且深入它们的底里，像蜂嘴的深入花心一样，于是第一口的蜜就尝到了。一次的尝到往往引起难舍的密恋，因而更益去寻觅，更益去吸取，譬诸蜂儿，好花遍野，蜜亦无穷，就永以蜜为生了。

所以这个机会最重要。它若来时，随后的反复修炼渐进高深，实与水流云行一样是自然的事。最坏的是始终没有这个机会。譬如无根之草，又怎能加什么培养之功呢！任你怎样好的艺术陈列在面前，总仿佛隔着一幅无形的黑幕，只有彼此全不相干罢了。

可是这个机会并不是纯任因缘的，我们自己能够做得七八分儿的主；只要我们拿出整个的心来对着湖山，等等，同时我们就得到机会了。什么事情权柄在自己手里时，总不用忧虑。现在就文艺一端说，我们且不要斥责着作家的太不顾人家，且不要怨恨批评家的不给人引路；我们还是使用固有的权柄来养成自己的欣赏力吧。

如果我们存着玩戏的心来对一切的文艺，我们就劫夺了自己的

12

幸福了。玩戏的心只是一种残余的如灰的微力，只能飘浮在空际，附着于表面，独不能深入一切的底里。更就实际生活去看，只有庄严地诚挚地做一件事情才做得好。假若是玩戏的态度，便不能够写好一张字，画好一幅画，踢好一场球，种好一簇花，甚至不能够讲好一个笑话。对于文艺，当然终于不会欣赏了。我们应以教士跪在祭台前面的虔意，情人伏在所欢怀里的热诚，来对所读的文艺。这时候不知有别的东西，只有我们的心与所读的文艺正通着电流。更进一步，我们不复知有心与文艺，只觉即心即文艺，浑和不分了。于是我们可以听到作者低细的叹息，可以感到作者微妙的愉悦：就是这听到这感到，我们便仿佛有了全世界。于是我们尝到第一口的蜜了。

如果我们存着求得的心来对一切的文艺，我们就杜绝了精美的体味了。求得的心总要连带着伸出一只无形的手来，仿佛说：给我一点儿什么。心在手上，便不能再在对象上；即使在对象上还留着一点儿，总不能整个的注在上边。如是，我们要求的是甲，而文艺并不给我们甲；我们要求的是乙，而文艺又并不给我们乙；我们只觉得文艺是个吝啬不过的东西，不得不与它疏远了。其实我们先不该向文艺求得什么东西。我们不要希望在它那里得到一点儿知识，学会一些智慧，我们又不一定要从它那里晓得什么伟大的事情，但也不一定要晓得什么微细的生活。我们应当绝无要求，读文艺就只是读文艺。这时候我们的心如明镜一般，而且比明镜还要澄澈，不仅仅照得见一片的表面。而我们固有的知识智慧感情经验与文艺里边的情事境界发生感应时，就使我们陶然如醉，恍然如悟，入于一种难以言说的快适的心态。于是我们尝到第一口的蜜了。

我们是读者，不要被玩戏的心、求得的心使着魔法，把我们第一口的蜜藏过了。

没有秋虫的地方

阶前看不见一茎绿草，窗外望不见一只蝴蝶，谁说是鹁鸽箱里的生活，鹁鸽未必这样枯燥无味呢。

秋天来了，记忆就轻轻提示道："凄凄切切的秋虫又要响起来了。"可是一点影响也没有，邻舍儿啼人闹弦歌杂作的深夜，街上轮震石响邪许并起的清晨，无论你靠着枕头听，凭着窗沿听，甚至贴着墙角听，总听不到一丝秋虫的声息。并不是被那些欢乐的劳困的宏大的清亮的声音淹没了，以致听不出来，乃是这里根本没有秋虫。啊，不容留秋虫的地方！秋虫所不屑居留的地方！

若是在鄙野的乡间，这时候满耳朵是虫声了。白天与夜间一样的安闲；一切人物或动或静，都有自得之趣；嫩暖的阳光和轻淡的云影覆盖在场上，到夜呢，明耀的星月和轻微的凉风看守着整夜，在这境界这时间里唯一足以感动心情的就是秋虫的合奏。它们高低宏细疾徐作歇，仿佛经过乐师的精心训练，所以这样地无可批评，踌躇满志。其实它们每一个都是神妙的乐师；众妙毕集，各抒灵趣，哪有不成人间绝响的呢。

虫声终于是足系恋念的东西。当这凉意微逗的时候，谁能不忆起那美妙的秋之音乐？

可是没有，绝对没有！井底似的庭院，铅色的水门汀地，秋虫早已避去唯恐不速了。而我们没有它们的翅膀与大腿，不能飞又不能跳，还是死守在这里。想到"井底"与"铅色"，觉得象征的意味丰富极了。

藕与莼菜

同朋友喝酒，嚼着薄片的雪藕，忽然怀念起故乡来了。若在故乡，每当新秋的早晨，门前经过许多乡人：男的紫赤的胳膊和小腿肌肉突起，躯干高大且挺直，使人起健康的感觉；女的往往裹着白地青花的头巾，虽然赤脚，却穿短短的夏布裙，躯干固然不及男的那样高，但是别有一种健康的美的风致；他们各挑着一副担子，盛着鲜嫩的玉色的长节的藕。在产藕的池塘里，在城外曲曲弯弯的小河边，他们把这些藕一再洗濯，所以这样洁白。仿佛他们以为这是供人品味的珍品，这是清晨的画境里的重要题材，倘若涂满污泥，就把人家欣赏的浑凝之感打破了；这是一件罪过的事，他们不愿意担在身上，故而先把它们洗濯得这样洁白，才挑进城里来。他们要稍稍休息的时候，就把竹扁担横在地上，自己坐在上面，随便拣择担里过嫩的"藕枪"或是较老的"藕朴"，大口地嚼着解渴。过路的人就站住了，红衣衫的小姑娘拣一节，白头发的老公公买两支。清淡的甘美的滋味于是普遍于家家户户了。这样情形差不多是平常的日课，直到叶落秋深的时候。

在这里上海，藕这东西几乎是珍品了。大概也是从我们故乡运来的。但是数量不多，自有那些伺候豪华公子硕腹巨贾的帮闲茶房们把大部分抢去了；其余的就要供在较大的水果铺里，位置在金山苹果吕宋香芒之间，专待善价而沽。至于挑着担子在街上叫卖的，也并不是没有，但不是瘦得像乞丐的臂和腿，就是涩得像未熟的柿子，实在无从欣羡。因此，除了仅有的一回，我们今年竟不曾吃过藕。

这仅有的一回不是买来吃的，是邻舍送给我们吃的。他们也不是自己买的，是从故乡来的亲戚带来的。这藕离开它的家乡大约有好些时候了，所以不复呈玉样的颜色，却满被着许多锈斑。削去皮的时候，刀锋过处，很不爽利。切成片送进嘴里嚼着，有些儿甘味，但是没有那种鲜嫩的感觉，而且似乎含了满口的渣，第二片就不想吃了。只有孩子很高兴，他把这许多片嚼完，居然有半点钟工夫不再作别的要求。

想起了藕就联想到莼菜。在故乡的春天，几乎天天吃莼菜。莼菜本身没有味道，味道全在于好的汤。但是嫩绿的颜色与丰富的诗意，无味之味真足令人心醉。在每条街旁的小河里，石埠头总歇着一两条没篷的船，满舱盛着莼菜，是从太湖里捞来的。取得这样方便，当然能日餐一碗了。

而在这里上海又不然，非上馆子就难以吃到这东西。我们当然不上馆子，偶然有一两回去叨扰朋友的酒席，恰又不是莼菜上市的时候，所以今年竟不曾吃过。直到最近，伯祥的杭州亲戚来了，送他瓶装的西湖莼菜，他送给我一瓶，我才算也尝了新。

向来不恋故乡的我，想到这里，觉得故乡可爱极了。我自己也不明白，为什么会起这么深浓的情绪？再一思索，实在很浅显：因为在故乡有所恋，而所恋又只在故乡有，就萦系着不能割舍了。譬如亲密的家人在那里，知心的朋友在那里，怎得不恋恋？怎得不怀念？但是仅仅为了爱故乡么？不是的，不过在故乡的几个人把我们牵系着罢了。若无所牵系，更何所恋念？像我现在，偶然被藕与莼菜所牵系，所以就怀念起故乡来了。

　　所恋在哪里，那里就是我们的故乡了。

客　语

侥幸万分的竟然是晴明的正午的离别。

"一切都安适了，上岸回去吧，快要到开行的时刻了。"似乎很勇敢地说了出来，其实呢，处此境地，就不得不说这样的话。但也不是全不出于本心。梨与香蕉已经买来给我了，话是没有什么可说了；夫役的扰攘，小舱的郁蒸，又不是什么足以赏心的；默默地挤在一起，徒然把无形的凄心的网织得更密罢了：何如早点儿就别了呢？

不可自解的是却要送到船栏边，而且不止于此，还要走下扶梯送到岸上。自己不是快要起程的旅客么？竟然充起主人来。主人送了客，回头踱进自己的屋子，看见自己的人。可是现在——现在的回头呢？

并不是懦怯，自然而然看着别的地方，答应"快写信来"那些嘱咐。于是被送的转身举步了。也不觉得什么，只仿佛心里突然一空似的（老实说，摹写不出了）。随后想起应该上船，便跨上扶梯；同时用十个指头梳满头散乱的头发。

倚着船栏，看岸上的人去得不远，而且正回身向这里招手。自己的右手不待命令，也就飞扬跋扈地舞动于头顶之上。忽地觉得这

20

刹那间这个境界很美，颇堪体会。待再望岸上人，却已没有踪迹，大概拐了弯赶电车去了。

没有经验的想象往往是外行的，待到证实，不免自己好笑。起初以为一出吴淞口便是苍茫无际的海天，山头似的波浪打到船上来，散为裂帛与抛珠，所以只是靠着船栏等着。谁知出了口还是似尽又来的沙滩，还是一抹连绵的青山，水依然这么平，船依然这么稳。若说眼界，未必开阔了多少，却觉空虚了好些；若说趣味，也不过与乘内河小汽轮一样。于是失望地回到舱里，爬上上层自己的铺位，只好看书消遣。下层那位先生早已有时而猝发的鼾声了。

实在没有看多少页书，不知怎么也朦胧起来了。只有用这朦胧二字最确切，因为并不是睡着，汽机的声音和船身的微荡，我都能够觉知，但仅仅是觉知，再没有一点思想一毫情绪。这朦胧仿佛剧烈的醉，过了今夜，又是明朝，只是不醒，除了必要坐起来几回，如吃些饼干牛肉香蕉之类，也就任其自然——连续地朦胧着。

这不是摇篮里的生活么？婴儿时的经验固然无从回忆，但是这样只有觉知而没有思想没有情绪，该有点儿相像吧。自然，所谓离思也暂时给假了。

向来不曾亲近江山的，到此却觉得趣味丰富极了。书室的窗外，只隔一片草场，闲闲地流着闽江。彼岸的山绵延重叠，有时露出青翠的新妆，有时披上轻薄的雾帔，有时不知从什么地方来了好些云，却与山通起家来，于是更见得那些山郁郁然有奇观了。窗外这草场差不多是几十头羊与十头牛的领土。看守羊群的人似乎不主张放任主义的，他的部民才吃了一顿，立即用竹竿驱策着，叫它们回去。时时听得仿佛有几个人在那里割草的声音，便想到这十头牛特别自由，还是在场中游散。天天喝的就是它们的奶，又白又浓又香，真是无上的恩惠。

卧室的窗对着山麓，望去有裸露的黑石，有矮矮的松林，有泉水冲过的涧道。间或有一两个人在山顶上樵采，形体渺小极了，看他们在那里运动着，便约略听得微茫的干草瑟瑟的声响。这仿佛是古代的幽人的境界，在什么诗篇什么画幅里边遇见过的。暂时充当古代的幽人，当然有些新鲜的滋味。

月亮还在山的那边，仰望山谷，苍苍的，暗暗的，更见得深郁。一阵风起，总是锐利的一声呼啸一般，接着便是一派松涛。忽然忆起童年的情景来：那一回与同学们远足天平山，就在高义园借宿，稻草衬着褥子，横横竖竖地躺在地上。半夜里醒来了，一点儿光都没有，只听得洪流奔放似的声音，这声音差不多把一切包裹起来了；身体颇觉寒冷，因而把被头裹得更紧些。从此再也不想睡，直到天明，只是细辨那喧而弥静静而弥旨的滋味。三十年来，所谓山居就只有这么一回。而现在又听到这声音了，虽然没有那夜那么宏大，但是往后的风信正多，且将常常更甚地听到呢。只不知童年的那种欣赏的心情能够永远持续否……

这里有秋虫，有很多的秋虫，没有秋虫的地方究竟是该诅咒的例外。躺在床上听听，真是奇妙的合奏，有时很繁碎，有时很凝集，而总觉得恰合刚好，足以娱耳。中间有一种不知名的虫，它们的声音响亮而曼长，像是弦乐，而且引起人家一种想象，仿佛见到一位乐人在那里徐按慢抽地演奏。

松声与虫声渐渐地轻微又轻微，终于消失了……

仓前山差不多一座花园，一条路，一丛花，一所房屋，一个车夫，都有诗意。尤其可爱的是晚阳淡淡的时候，礼拜堂里送出一声钟响，绿荫下走过几个张着花纸伞的女郎。

跟着绍虞夫妇前山后山地走，认识了两相仿佛的荔枝树与龙眼树，也认识了长髯飘飘的生着气根的榕树，眺望了我们所住的那座山，又看了胭脂似的两边的暮云，于是坐在路旁的砖砌的矮栏上休息。渐渐地四围昏暗了，远处的山只像几笔极淡的墨痕染渍在灰色的纸上。乡间的女人匆匆地归去，走过我们身边，很自然地向我们看一看。那种浑朴的意态，那种奇异的装束（最足注目的是三支很长的银发钗，像三把小剑，两横一竖地把发髻拢住，我想，两个人并肩走时，横插的剑锋会划着旁人的头发），都使我想到古代的人。同时又想，什么现代精神，什么种种的纠纷，都渺茫得像此刻的远山一样，仿佛沉在梦幻里了。

中秋夜没有月，这倒很好，我本来不希望看什么中秋月。与平常没有月亮的晚上一样，关在书室里，就美孚灯光下做了一点儿功课，就去睡了。

第二天的傍晚，满天是云，江面黯然。西风震动窗棂，"吉格"作响。突然觉得寂寥起来，似乎无论怎样都不好。但是又不能什么都不，总要在这样那样里占其一，这时候我占的是倚窗怅望。然而怅望又有什么意思呢？

绍虞似乎有点儿揣度得出，他走来邀我到江边去散步。水波被滩石所挡，激触有声。还有广遍而轻轻的风一般的音响平铺在江面上，潮水又退出去了。便随口念旧时的诗句："潮声应未改，客绪已频更。"七年以前，我送墨林去南通。出得城来，在江滨的客店里歇宿候船，却成了独客。荒凉的江滨晚景已够叫人怅怅，又况是离别开始的一晚，真觉得百无一可了。聊学雅人口占一诗，藉以排遣。现在这两句就是这一首诗里的。唉，又是潮声，又是客绪！

所谓客绪，正像冬天的浓云一般，风吹不散，只是越凝集越厚，散步的药又有什么用处。回到屋里，天差不多黑了，我们暂时不点火，就在昏暗中坐下。我说："介泉在北京常说，在暮色苍茫之际，炉火微明，默然小坐，别有滋味。"绍虞接应了一声就不响了。很奇怪，何以我和他的声音都特别寂寞，仿佛在一个广大的永寂的虚空中，仅仅荡漾着这一些声音，音波散了，便又回复它的永寂。

想来介泉所说的滋味，一定带着酸的。他说"别有"，诚然是"别有"，我能够体会他的意思了。

点灯以后，居然送来了切盼而难得的邮件，昨天有一艘轮船到这里了。看了第一封，又把心挤得紧一点。第二封是平伯的，他提起我前几天作的一篇杂记，说："……此等事终于无可奈何，不呻吟固不可，作呻吟又觉陷于怯弱。总之，无一而可，这是实话。……"

似乎觉得这确是怯弱，不要呻吟吧。

但是还是去想，呻吟为了什么？恋恋于故乡么？故乡之足以恋恋的，差不多只有藕与莼菜这些东西了，又何至于呻吟？恋恋于鹁鸽箱似的都市里的寓居么？既非鹁鸽，又何至于因为飞开了而呻吟？老实地说，简括地说，只因一种愿与最爱与同居的人同居的心情，忽然不得满足罢了。除了与最爱与同居的人同居，人间的趣味在哪里？因为不得满足而呻吟，正是至诚的话，有什么怯弱不怯弱？那么，又何必不要呻吟呢？

24

呻吟的心本来如已着了火的燃料，浓烟郁结，正待发焰。平伯的信恰如一根火柴，就近一引，于是炽盛地燃烧起来了……

五月三十一日急雨中

从车上跨下，急雨如恶魔的乱箭，立刻打湿了我的长衫。满腔的愤怒，头颅似乎戴着紧紧的铁箍。我走，我奋疾地走。

路人少极了，店铺里仿佛也很少见人影。哪里去了！哪里去了！怕听昨天那样的排枪声，怕吃昨天那样的急射弹，所以如小鼠如蜗牛般蜷伏在家里，躲藏在柜台底下么？这有什么用！你蜷伏，你躲藏，枪声会来找你的耳朵，子弹会来找你的肉体：你看有什么用？

猛兽似的张着巨眼的汽车冲驰而过，泥水溅污我的衣服，也溅及我的项颈。我满腔的愤怒。

一口气赶到"老闸捕房"门前，我想参拜我们的伙伴的血迹，我想用舌头舔尽所有的血迹，咽入肚里。但是，没有了，一点儿没有了！已经给仇人的水龙头冲得光光，已经给烂了心肠的人们踩得光光，更给恶魔的乱箭似的急雨洗得光光！

不要紧，我想。血曾经淌在这块地方，总有渗入这块土里的吧。那就行了。这块土是血的土，血是我们的伙伴的血，还不够是一课严重的功课么？血灌溉着，血滋润着，将会看到血的花开在这里，血的果结在这里。

我注视这块土，全神地注视着，其余什么都不见了，仿佛自己整个儿躯体已经融化在里头。

抬起眼睛，那边站着两个巡捕：手枪在他们的腰间；泛红的脸上的肉，深深的颊纹刻在嘴的周围，黄色的睫毛下闪着绿光，似乎在那里狞笑。

手枪，是你么？似乎在那里狞笑的，是你么？

"是的，是的，就是我，你便怎样！"——我仿佛看见无量数的手枪在点头，仿佛听见无量数的张开的大口在那里狞笑。

我舔着嘴唇咽下去，把看见的听见的一齐咽下去，如同咽一块粗糙的石头，一块烧红的铁。我满腔的愤怒。

雨越来越急，风把我的身体卷住，全身湿透了，伞全然不中用。我回转身走刚才来的路，路上有人了。三四个、六七个，显然可见是青布大褂的队伍，中间也有穿洋服的，也有穿各色衫子的短发的女子。他们有的张着伞，大部分却直任狂雨乱泼。

他们的脸使我感到惊异。我从来没有见到过这么严肃的脸，有如昆仑之耸峙；我从来没有见到过这么郁怒的脸，有如雷电之将作。青年的清秀的颜色退隐了，换上了北地壮士的苍劲。他们的眼睛将要冒出焚烧一切的火焰，抿紧的嘴唇里藏着咬得死敌人的牙齿……

佩弦的诗道："笑将不复在我们唇上！"用来歌咏这许多张脸正适合。他们不复笑，永远不复笑！他们有的是严肃与郁怒，永远是严肃的郁怒的脸。

青布大褂的队伍纷纷投入各家店铺，我也跟着一队跨进一家，记得是布匹庄。我听见他们开口了，差不多掏出整个的心，涌起满腔的血，真挚地热烈地讲着。他们讲到民族的命运，他们讲到群众的力量，他们讲到反抗的必要；他们不惮郑重叮咛的是："咱们一伙儿!"我感动，我心酸，酸得痛快。

店伙的脸比较地严肃了；他们没有话说，暗暗点头。

我跨出布匹庄。"中国人不会齐心呀！如果齐心，吓，怕什么！"听到这句带有尖刺的话，我回头去看。

是一个三十左右的男子，粗布的短衫露着胸，苍暗的肤色标记他是在露天出卖劳力的。他的眼睛里放射出英雄的光。

不错呀，我想。露胸的朋友，你喊出这样简要精炼的话来，你伟大！你刚强！你是具有解放的优先权者！——我虔诚地向他点头。

但是，恍惚有蓝袍玄褂小髭须的影子在我眼前晃过，玩世的微笑，又仿佛鼻子里轻轻的一声"嗤"。接着又晃过一个袖手的，漂亮的嘴脸，漂亮的衣着，在那里低吟，依稀是"可怜无补费精神"！袖手的幻化了，抖抖地，显出一个瘠瘦的中年人，如鼠的觳觫的眼睛，如兔的颤动的嘴唇，含在喉际，欲吐又不敢吐的是一声"怕……"

我如受奇耻大辱，看见这种种的魔影，我愤怒地张大眼睛。什么魔影都没有了，只见满街恶魔的乱箭似的急雨。

微笑的魔影，漂亮的魔影，惶恐的魔影，我咒诅你们！你们灭绝！你们消亡！永远不存一丝儿痕迹于这块土上！

有淌在路上的血，有严肃的郁怒的脸，有露胸朋友那样的意思，"咱们一伙儿"，有救，一定有救，——岂但有救而已。

我满腔的愤怒。再有露胸朋友那样的话在路上吧？我向前走去。

依然是满街恶魔的乱箭似的急雨。

记佩弦来沪

　　每回写信给佩弦，总要问几时来上海，觉得有许多的话要与他细谈。佩弦来了，一遇于菜馆，再遇于郑家，三是他来我家，四呢，就是送他到车站了。什么也没有谈，更说不到"细"，有如不相识的朋友，至多也只是"点头朋友"那样，偶然碰见，说些今天到来明天动身的话以外，就只剩下默默相对了。也颇提示自己，正是满足愿望的机会，不要轻易放过。这自然要赶快开个谈话的端，然后蔓延不断地谈下去才对。然而什么是端呢？我开始觉得我所怀的愿望是空空的，有如灯笼壳子；我开始懊恼平时没有查问自己，究竟要与佩弦细谈些什么。端既没有，短短的时光又如影子那样移去无痕，于是若有所失地又"天各一方"了。

　　过几天后追想，我所以怀此愿望，以及未得满足而感到失望，乃因前此晤谈曾经得到愉悦之故。所谓愿望，实在并不是有这样那样的话非谈不可，只是希冀再能够得到从前那样的愉悦。晤谈的愉悦从哪里发生的呢？不在所谈的材料精微或重大，不在究极到底而得到结论（对这些固然也会感到愉悦，但不是我意所存），而在抒发的随意如闲云之自在，印证的密合如呼吸之相通，如佩弦所说的"促膝谈心，随心之所至。时而上天，时而入地，时而论书，时而评画，时而纵谈时局，品鉴人伦，时而剖析玄理，密诉衷曲……"可谓随意之极致了。不比议事开会，即使没法解决，也总要勉强做个结论，又不比登台演说，虽明知牵强附会，也总要勉强把它编成章节。能说多少，要说多少，以及愿意怎样说，完全在自己手里，丝毫不受外力牵掣。这当儿，名誉的心是没有的，利益的心是没有的，顾忌欺诈等心也都没有，只为着表出内心而说话，说其所不得不说。在这样的进程中随伴地感到一种愉悦，其味甘而永，同于艺术家制作艺术品时所感到的。至于对谈的人，一定是无所不了解，无所不领会，真可说彼此"如见其肺肝然"的。一个说了这一面，又一个推阐到那一面，一个说如此如此，又一个从反面证明决不如彼如彼，这见得心与心正起共鸣，合为妙响。是何等的愉悦！即使一个说如此，又一个说不然，一个说我意云尔，又一个殊觉未必，因为没有名誉利益等的心思在里头作祟，所以羞愤之情是不会起的，驳诘到妙处，只觉得共同找到胜境似的，愉悦也是共同的。

　　这样的境界是可以偶遇而不可以特辟的。如其写个便条，说"月之某日，敬请驾临某地晤谈，各随兴趣之所至，务以感受愉悦为归"。到那时候，也许因为种种机缘的不凑合，终于没什么可说，兴味索然。就如我希望佩弦来上海，虽然不曾用便条相约，却颇怀着写便条的心理。结果如何呢？不是什么也没有谈，若有所失地又"天各一方"了么？或在途中，或在斗室，或在临别以前的旅舍，或在久别初逢的码头，各无存心，随意倾吐，不觉枝蔓，实已繁多。忽焉念起：这不已沉入了晤谈的深永的境界里么？于是一缕愉悦的心情同时涌起，其滋味如初泡的碧螺春，回味刚才所说，一一隽永可喜，这尤其与茶味的比喻相类。但是，逢到这样愉悦是初非意料的。那一年岁尽日晚间，与佩弦同在杭州，起初觉得无聊，后来不知谈到了什么，兴趣好起来了，彼此都不肯就此休歇，电灯熄了，点起白蜡烛来，离开了憩坐室去到卧室，上床躺着还是谈，两床中间是一张双抽屉的桌子，桌上是两支白蜡烛。后来佩弦看了看时计，说一首小诗作成了，就念给我听：

　　除夜的两支摇摇的白烛光里，

　　我眼睁睁瞅着

　　一九二一年轻轻地踅过去了。

　　佩弦每次到上海总是慌忙的。颧颊的部分往往泛着桃花色；行步急遽，仿佛有无量的事务在前头；遗失东西是常事，如去年之去，墨水笔和小刀都留在我的桌上。其实岂止来上海时，就是在学校里作课前的预备，他全神贯注，表现于外面的神态是十分紧张；到下了课，对于讲解的反省，答问的重温，又常常涨红了脸。佩弦欢喜用"旅路"之类的词儿，周作人先生称徐玉诺"永远的旅人的颜色"，如果借来形容佩弦的慌忙的神气，可谓巧合。我又想，可惜没有到过佩弦家里，看他辞别了旅路而家居的时候是不是也这样慌忙。但是我想起了"人生的旅路"的话，就觉得无须探看，"永远的旅人的颜色"大概是"永远的"了。

　　佩弦的慌忙，我以为该有一部分原因在他的认真。说一句话，不是徒然说话，要掏出真心来说；看一个人，不是徒然访问，要带着好意同去；推而至于讲解要学生领悟，答问要针锋相对；总之，不论一言一动，既要自己感受喜悦，又要别人同沾美利（佩弦从来没有说起这些，全是我的揣度，但是我相信"虽不中不远矣"）。这样，就什么都不让随便滑过，什么都得认真。认真得厉害，自然见得时间之暂忽。如何叫他不要慌忙呢？

看了佩弦的《"海阔天空"与"古今中外"》一文的人，见佩弦什么都要去赏鉴赏鉴，什么都要去尝尝味儿，或许以为他是一个工于玩世的人。这就错了。玩世是以物待物，高兴玩这件就玩这件，不高兴就丢在一边，态度是冷酷的。佩弦的情形岂是这样呢？佩弦并非玩世，是认真处世。认真处世是以有情待物，彼此接触，就以全生命交付，态度是热烈的。要谈到"生活的艺术"，我想只有认真处世的人才配，"玩世不恭"，光棍而已，艺术家云乎哉！——这几句就作佩弦那篇文字的"书后"，不知道他以为用得着否。

这回佩弦动身，我看他无改慌忙的故态。旅馆的小房间里，送行的客人随便谈说，佩弦一边听着，一边检这件看那件，似乎没甚头绪的模样。馆役唤来了，叫把新买的一部书包在铺盖里，因为箱子网篮都满满的了。佩弦帮着拉毯子的边幅，放了这一边又拉那一边，还有伯祥帮着，结果只打成个"跌塞铺盖"。于是佩弦把新裁的米通长衫穿起来，剪裁宽大，使我想起法师的道袍；他脸上带着小孩初穿新衣那样的骄意和羞态。一行人走出旅馆，招呼人力车，佩弦则时时回头向旅馆里面看。记认耶？告别耶？总之，这又见得他的"认真"了。

在车站，佩弦怅然地等待买票，又来回找寻送行李的馆役，在黄昏的灯光和朦胧的烟雾里，"旅人的颜色"可谓十足了。这使我想起前年的这个季节在这里送颉刚。颉刚也是什么都认真的，而在行旅中常现慌忙之态，也与佩弦一样。自从那回送别之后，还不曾见过颉刚，我深切地想念他了。

几个人着意搜寻，都以为行李太重，馆役沿路歇息，故而还没送到。哪知他们早已到了，就在我们团团转的那个地方的近旁。这可见佩弦慌忙得可以，而送行的人也无不异感塞住胸头。

为了行李过磅，我们共同看那个站员的鄙夷不屑的嘴脸。他没有礼貌，没有同情，呼叱似的喊出重量和运费的数目。我们何暇恼怒，只希望他对于无论什么人都是这个样子，即使是他的上司或者洋人。

幸而都弄清楚了，佩弦两手里只余一只小提箱和一个布包。"早点去占个座位吧。"大家对他这样说。他答应了，点头，将欲回转身，重又点头，脸相很窘。踟躇一会儿之后，他似乎下了大决心，转身径去，头也不回。没有一歇工夫，佩弦的米通长衫的背影就消失在站台的昏茫里了。

白 采

那一年我从甪直搬回苏州，一个晴朗的朝晨，白采君忽地来看我。先前没有通过信，来了这样轻装而背着画具的人，觉得突兀。但略一问答之后，也就了然，他是游苏州写风景来的，因为知道我的住址，顺便来看我。我始终自信是一无所知一无所能的人，虽然有愿意了解别人、以善意恳切对待别人的诚心，但是从小很少受语言的训练，在人前难得开口，开口又说不通畅，往往被疑为城府很深甚至是颇近傲慢的人。而白采君忽地来看我，我感激并且惭愧。

白采君颇白皙，躯干挺挺的使人羡慕。坐了一会，他说附近有什么可看的地方愿意去看看。我就同他到沧浪亭，在桥上望尚未凋残的荷盖。转到文庙，踏着泮池上没踝的丛草，蚱蜢之类便三三两两飞起来。

大成殿森然峙立在我们面前，微闻秋虫丝丝的声音，更显得这境界的寂寥。我们站在殿前的阴影里，不说话。白采君凝睛而望，一手按着内装画板的袋子。我想他找到画题了吧，看他作画倒是有味的事。但是他并不画，从他带笑的颧颊上知道他得到的感兴却不平常。

我想同他出城游虎丘，但是他阻住我，说太远了，他不愿多费我的时间，——其实我的时间算得什么。我声明无妨，他只是阻住，于是非分别不可了。就在文庙墙外，他雇了一头驴子，带着颇感兴趣的神情跨了上去。驴夫一鞭子，那串小铜铃康郎康郎作响，不多时就渺无所闻，只见长街远处小玩具似的背影在那里移动。

我的记性真不行，那一天谈些什么，现在全想不起来了。

后来也通过好几回信，都是简短的，并不能增进对于他的了解。但是他的几篇小说随后看到了，我很满意。我们读无论怎样好的文字，最初的感觉也无非是个满意，换句话说，就是字字句句入我意中，觉得应该这么说，不这么说就不对。但是，单说满意似乎太寒伧了，于是找些渊博的典雅的话来这样那样烘托，这就是文学批评。去年，他的深自珍秘的一首长诗《羸疾者的爱》刊布出来了，我读了如食异味，深觉与平日吃惯了的青菜豆腐乃至鱼肉不同，咀嚼之余，颇想写一点儿文字。但是念头一转，我又不懂什么文学批评，何必强作解人呢，就把这意思打消了。不过我坚强地相信这是一首好诗，虽然称道的人不大有。

去年冬，我们到江湾看子恺君的漫画。在立达学园门前散步的时候，白采君与别的几位教师从里面出来，就一一招呼，错落聚谈。白采君不是前几年的模样了，变得消瘦，黝黑，干枯，说话带伤风的鼻音。后来知道他有吐血的病。

今年大热天的一个午后，愈之君跑来突然说："白采死了！"

"啊！"大家愕然。

我恍惚地想大概是自杀吧；当时虽不曾想到他的诗与小说，但是他的诗与小说早使我认定他是骨子里悲观的人。

经愈之君说明，才知道是病死在船上的。

"人生如朝露"等古老的感慨，心里固然没有，但是一个相识而且了解他的心情的人离开我们去了，永不回来了，决不是暂时的哀伤。

他的遗箧里有许多珍秘的作品，我愿意尽数地读它们。已经刊布的一篇诗一本小说集，近来特地检出来重读了。我们能更多地了解他，他虽然死了，会永远生存在我们的心里。

两法师

在到功德林去会见弘一法师的路上，怀着似乎从来不曾有过的洁净的心情；也可以说带着渴望，不过与希冀看一出著名的电影剧等的渴望并不一样。

弘一法师就是李叔同先生，我最初知道他在民国初年；那时上海有一种《太平洋报》，其艺术副刊由李先生主编，我对于副刊所载他的书画篆刻都中意。以后数年，听人说李先生已经出了家，在西湖某寺。游西湖时，在西泠印社石壁上见到李先生的"印藏"。去年子恺先生刊印《子恺漫画》，丏尊先生给它作序文，说起李先生的生活，我才知道得详明些；就从这时起，知道李先生现在称弘一了。

于是不免向子恺先生询问关于弘一法师的种种，承他详细见告。十分感兴趣之余，自然来了见一见的愿望，就向子恺先生说了。"好的，待有机缘，我同你去见他。"子恺先生的声调永远是这样朴素而真挚的。以后遇见子恺先生，他常常告诉我弘一法师的近况：记得有一次给我看弘一法师的来信，中间有"叶居士"云云，我看了很觉惭愧，虽然"居士"不是什么特别的尊称。

前此一星期，饭后去上工，劈面来三辆人力车。最先是个和尚，我并不措意。第二是子恺先生，他惊喜似的向我点头。我也点头，心里就闪电般想起"后面一定是他"。人力车夫跑得很快，第三辆一霎经过时，我见坐着的果然是个和尚，清癯的脸，额下有稀疏的长髯。我的感情有点激动，"他来了!"这样想着，屡屡回头望那越去越远的车篷的后影。

第二天，就接到子恺先生的信，约我星期日到功德林去会见。

是深深尝了世间味，探了艺术之宫的，却回过来过那种通常以为枯寂的持律念佛的生活，他的态度该是怎样，他的言论该是怎样，实在难以悬揣。因此，在带着渴望的似乎从来不曾有过的洁净的心情里，还搀着些惝恍的成分。

走上功德林的扶梯，被侍者导引进那房间时，近十位先到的恬静地起立相迎。靠窗的左角，正是光线最明亮的地方，站着那位弘一法师，带笑的容颜，细小的眼眸子放出晶莹的光。丏尊先生给我介绍之后，叫我坐在弘一法师的侧边。弘一法师坐下来之后，就悠然数着手里的念珠。我想一颗念珠一声"阿弥陀佛"吧。本来没有什么话要向他谈，见这样更沉入近乎催眠状态的凝思，言语是全不需要了。可怪的是在座一些人，或是他的旧友，或是他的学生，在这难得的会晤时，似乎该有好些抒情的话与他谈，然而不然，大家也只默然不多开口。未必因僧俗殊途，尘净异致，而有所矜持吧。或许他们以为这样默对一二小时，已胜于十年的晤谈了。

晴秋的午前的时光在恬然的静默中经过，觉得有难言的美。

随后又来了几位客，向弘一法师问几时来的，到什么地方去那些话。他的回答总是一句短语；可是殷勤极了，有如倾诉整个心愿。

因为弘一法师是过午不食的，十一点钟就开始聚餐。我看他那曾经挥洒书画弹奏钢琴的手郑重地夹起一荚豇豆来，欢喜满足地送

38

入口中去咀嚼的那种神情，真惭愧自己平时的乱吞胡咽。

"这碟子是酱油吧？"

以为他要酱油，某君想把酱油碟子移到他前面。

"不，是这位日本的居士要。"

果然，这位日本人道谢了，弘一法师于无形中体会到他的愿欲。

石岑先生爱谈人生问题，著有《人生哲学》，席间他请弘一法师谈些关于人生的意见。

"惭愧，"弘一法师虔敬地回答，"没有研究，不能说什么。"

以学佛的人对于人生问题没有研究，依通常的见解，至少是一句笑话。那么，他有研究而不肯说么？只看他那殷勤真挚的神情，见得这样想时就是罪过。他的确没有研究。研究云者，自己站在这东西的外面，而去爬剔、分析、检察这东西的意思。像弘一法师，他一心持律，一心念佛，再没有站到外面去的余裕。哪里能有研究呢？

我想，问他像他这样的生活，觉得达到了怎样一种境界，或者比较落实一点儿。然而健康的人不自觉健康，哀乐的当时也不能描状哀乐；境界又岂是说得出的。我就把这意思遣开，从侧面看弘一法师的长髯以及眼边细密的皱纹，出神久之。

饭后，他说约定了去见印光法师，谁愿意去可同去。印光法师这个名字知道得很久了，并且见过他的文抄，是现代净土宗的大师，自然也想见一见。同去者计七八人。

决定不坐人力车，弘一法师拔脚就走，我开始惊异他步履的轻捷。他的脚是赤着的，穿一双布缕缠成的行脚鞋。这是独特健康的象征啊，同行的一群人哪里有第二双这样的脚。

惭愧，我这年轻人常常落在他背后。我在他背后这样想。

他的行止笑语，真所谓纯任自然，使人永不能忘。然而在这背后却是极严谨的戒律。丏尊先生告诉我，他曾经叹息中国的律宗有待振起，可见他是持律极严的。他念佛，他过午不食，都为的持律。但持律而到达非由"外铄"的程度，人就只觉得他一切纯任自然了。

似乎他的心非常之安，躁忿全消，到处自得；似乎他以为这世间十分平和，十分宁静，自己处身其间，甚而至于会把它淡忘。这因为他把所谓万象万事划开了一部分，而生活在留着的一部分内之故。这也是一种生活法，宗教家大概采用这种生活法。

他与我们差不多处在不同的两个世界。就如我，没有他的宗教的感情与信念，要过他那样的生活是不可能的。然而我自以为有点儿了解他，而且真诚地敬服他那种纯任自然的风度。哪一种生活法好呢？这是愚笨的无意义的问题。只有自己的生活法好，别的都不行，夸妄的人却常常这么想。友人某君曾说他不曾遇见一个人他愿意把自己的生活与这个人对调的，这是踌躇满志的话。人本来应当如此，否则浮漂浪荡，岂不像没舵之舟。然而某君又说尤其要紧的是同时得承认别人也未必愿意与我对调。这就与夸妄的人不同了；有这么一承认，非但不菲薄别人，并且致相当的尊敬。彼此因观感而潜移默化的事是有的。虽说各有其生活法，究竟不是不可破的坚壁；所谓圣贤者转移了什么什么人就是这么一回事。但是板着面孔专事菲薄别人的人决不能转移了谁。

到新闸太平寺，有人家借这里办丧事，乐工以为吊客来了，预备吹打起来。及见我们中间有一个和尚，而且问起的也是和尚，才知道误会，说道："他们都是佛教里的。"

寺役去通报时，弘一法师从包袱里取出一件大袖僧衣来（他平时穿的，袖子与我们的长衫袖子一样），恭而敬之地穿上身，眉宇间异样地静穆。我是欢喜四处看望的，见寺役走进去的沿街的那个房间里，有个躯体硕大的和尚刚洗了脸，背部略微佝着，我想这一定就是了。果然，弘一法师头一个跨进去时，就对这位和尚屈膝拜伏，动作严谨且安详。我心里肃然。有些人以为弘一法师该是和尚里的浪漫派，看见这样可知完全不对。

印光法师的皮肤呈褐色，肌理颇粗，一望而知是北方人；头顶几乎全秃，发光亮；脑额很阔；浓眉底下一双眼睛这时虽不戴眼镜，却用戴了眼镜从眼镜上方射出眼光来的样子看人，嘴唇略微皱瘪，大概六十左右了。弘一法师与印光法师并肩而坐，正是绝好的对比，一个是水样的秀美，飘逸；一个是山样的浑朴，凝重。

弘一法师合掌恳请了："几位居士都欢喜佛法，有曾经看了禅宗的语录的，今来见法师，请有所开示，慈悲，慈悲。"

对于这"慈悲，慈悲"，感到深长的趣味。

"嗯，看了语录。看了什么语录？"印光法师的声音带有神秘味。我想这话里或者就藏着机锋吧。没有人答应。弘一法师就指石岑先生，说这位先生看了语录的。

石岑先生因说也不专看哪几种语录，只曾从某先生研究过法相宗的义理。

这就开了印光法师的话源。他说学佛须要得实益，徒然嘴里说说，作几篇文字，没有道理；他说人眼前最要紧的事情是了生死，生死不了，非常危险；他说某先生只说自己才对，别人念佛就是迷信，真不应该。他说来声色有点儿严厉，间以呵喝。我想这触动他旧有的忿忿了。虽然不很清楚佛家的"我执""法执"的涵蕴是怎样，恐怕这样就有点儿近似。这使我未能满意。

弘一法师再作第二次恳请，希望于儒说佛法会通之点给我们开示。

印光法师说二者本一致，无非教人父慈子孝兄友弟恭等等。不过儒家说这是人的天职，人若不守天职就没有办法。佛家用因果来说，那就深奥得多。行善就有福，行恶就吃苦。人谁愿意吃苦呢？——他的话语很多，有零星的插话，有应验的故事，从其间可以窥见他的信仰与欢喜。他显然以传道者自任，故遇有机缘不惮尽力宣传；宣传家必有所执持又有所排抵，他自也不免。弘一法师可不同，他似乎春原上一株小树，毫不愧怍地欣欣向荣，却没有凌驾旁的卉木而上之的气概。

在佛徒中，这位老人的地位崇高极了，从他的文抄里，见有许多的信徒恳求他的指示，仿佛他就是往生净土的导引者。这想来由于他有很深的造诣，不过我们不清楚。但或者还有别一个原因：一般信徒觉得那个"佛"太渺远了，虽然一心皈依，总不免感到空虚；而印光法师却是眼睛看得见的，认他就是现世的"佛"，虔敬崇奉，亲接謦咳，这才觉得着实，满足了信仰的欲望。故可以说，印光法师乃是一般信徒用意想来装塑成功的偶像。

弘一法师第三次"慈悲，慈悲"地恳求时，是说这里有讲经义的书，可让居士们"请"几部回去。这个"请"字又有特别的味道。

房间的右角里，装钉作似的，线装、平装的书堆着不少：不禁想起外间纷纷飞散的那些宣传品。由另一位和尚分派，我分到黄智海演述的《阿弥陀经白话解释》，大圆居士说的《般若波罗蜜多心经口义》，李荣祥编的《印光法师嘉言录》三种。中间《阿弥陀经白话解释》最好，详明之至。

于是弘一法师又屈膝拜伏，辞别。印光法师点着头，从不大敏捷的动作上显露他的老态。待我们都辞别了走出房间，弘一法师伸两手，郑重而轻捷地把两扇门拉上了。随即脱下那件大袖的僧衣，就人家停放在寺门内的包车上，方正平帖地把它折好包起来。

弘一法师就要回到江湾子恺先生的家里，石岑先生、予同先生和我就向他告别。这位带着通常所谓仙气的和尚，将使我永远怀念了。

我们三个在电车站等车，滑稽地使用着"读后感"三个字，互诉对于这两位法师的感念。就是这一点，已足证我们不能为宗教家了，我想。

附录 作者1931年6月17日之《小记》：

据说，佛家教规，受戒者对于白衣是不答礼的，对于皈依弟子也不答礼；弘一法师是印光法师的皈依弟子，故一方敬礼甚恭，一方点头受之。

古代英雄的石像

　　为了纪念一位古代的英雄，大家请雕刻家给这位英雄雕一个石像。

　　雕刻家答应下来，先去翻看有关这位英雄的历史，想象他的容貌，想象他的性情和气概。雕刻家的意思，随随便便雕一个石像不如不雕，要雕就得把这位英雄活活地雕出来，让看见石像的人认识这位英雄，明白这位英雄，因而崇拜这位英雄。

　　功到自然成。雕刻家一边研究，一边想象，石像的模型在他心里渐渐完成了。石像的整个姿态应该怎样，面目应该怎样，小到一个手指头应该怎样，细到一根头发应该怎样，他都想好了。他的意思，只有依照他想好的样子雕出来，才是这位英雄的活生生的本身，不是死的石像。

　　雕刻家到山里采了一块大石头，就动手工作。他心里有现成的模型，雕起来就有数，看着那块大石头，什么地方应该留，什么地方应该去，都清楚明白。钢凿一下一下地凿，刀子一下一下地刻，大小石块随着纷纷往地上掉。像黄昏时星星的显现一样，起初模糊，后来明晰，这位英雄的像终于站在雕刻家面前了。真是一丝也不多，一毫也不少，正同雕刻家心里想的一模一样。

这石像抬着头，眼睛直盯着远方，表示他的志向远大无边。嘴张着，好像在那里喊："啊！"他左胳膊圈向里，坚强有力，仿佛拢着他下面的千百万群众；右手握着拳，向前方伸着，筋骨突出像老树干，意思是谁敢侵犯他一丝一毫，他就不客气给他一下子。

市中心有一片广场，大家就把这新雕成的石像立在广场的中心。立石像的台子是用石块砌成的，这些石块就是雕刻家雕像的时候凿下来的。这是一种新的美术建筑法，雕刻家说比用整块的方石垫在底下好得多。台子非常高，人到市里来，第一眼望见的就是这石像，就像到巴黎去第一眼望见的是那铁塔一个样。

雕刻家从此成了名，因为他能够给古代英雄雕一个石像，使大家都满意。

为了石像成功曾经开了一个盛大的纪念会。市民都聚集到市中心的广场，在石像下行礼、欢呼、唱歌、跳舞；还喝干了几千坛酒，挤破了几百身衣裳，摔伤了很多人的膝盖。从这一天起，大家心里有这位英雄，眼里有这位英雄，做什么事情都像比以前特别有力气，特别有意思。无论谁从石像下经过，都要站住，恭恭敬敬地鞠个躬，然后再走过去。

骄傲的毛病谁都容易犯，除非圣人或傻子。那块被雕成英雄像的石头既不是圣人，又不是傻子，只是一块石头，看见人们这样尊敬他，当然就禁不住要骄傲了。

"看我多荣耀！我有特殊的地位，站得比一切都高。所有的市民都在下面给我鞠躬行礼。我知道他们都是诚心诚意的。这种荣耀最难得，没有一个神圣仙佛能够比得上！"

他这话不是向浮游的白云说，白云无精打采的，没有心思听他的话；也不是向摇摆的树林说，树林忙忙碌碌的，没有工夫听他的话。他这话是向垫在他下面的伙伴——大大小小的石块说的。骄傲的架子要在伙伴面前摆，也是世间的老规矩。但是他仍然抬着头，眼睛直盯着远方，对自己的伙伴连一眼也不瞟，这就见得他的骄傲是太过分了。他看不起自己的伙伴，不屑于靠近他们，甚至还有溜到嘴边又咽回去的一句话："你们，垫在我下面的，算得了什么呢！"

"喂，在上面的朋友，你让什么东西给迷住心了？你忘了从前！"台子角上的一块小石头慢吞吞地说，像是想叫醒喝醉的人，个个字都说得清楚、着实。

"从前怎么样？"上面那石头觉得出乎意料，但是不肯放弃傲慢的气派。

"从前你不是跟我们混在一起吗？也没有你，也没有我们，咱们是一整块。"

"不错，从前咱们是一整块。但是，经过雕刻家的手，咱们分开了。钢凿一下一下地凿，刀子一下一下地刻，你们都掉下去了。独有我，成了光荣尊贵的、受全体市民崇拜的雕像。我高高在上是应当的。难道你们想跟我平等吗？如果你们想跟我平等，就先得叫地跟天平等！"

"嘻！"另一块小石头忍不住，出声笑了。

"笑什么！没有礼貌的东西！"

"你不但忘了从前，也忘了现在！"

"现在又怎么样？"

"现在你其实也并没跟我们分开。咱们还是一整块，不过改了个样式。你看，从你的头顶到我们最下层，不是粘在一起吗？并且，正因为改成现在的样式，你的地位倒不安稳了。你在我们身上站着，只要我们一摇动，你就不能高高地……"

"除了你们，世间就没有石块了吗？"

"用不着费心再找别的石块了！那时候就没有你了，一跤摔下去，碎成千块万块，跟我们毫无分别。"

"没有礼貌的东西！胡说！敢吓唬我？"上面那石头生气了，又怕失去了自己的尊严，所以大声吆喝，像对囚犯或奴隶一样。

"他不信，"砌成台子的全体石块一齐说，"马上给他看看，把他扔下去！"

上面那石头吓了一跳，顾不得生气了，也暂时忘了自己的尊严，就用哀求的口气说："别这样！彼此是朋友，连在一起粘在一起的朋友，何必故意为难呢！你们说的一点儿也不错，我相信，千万不要把我扔下去！"

"哈！哈！你相信了？"

"相信了，完全相信。"

危险算是过去了。骄傲像隔年的草根，冬天刚过去，就钻出一丝丝的嫩芽。上面那石头故意让语声柔和一些，用商量的口气说："我想，我总比你们高贵一些吧，因为我代表一位英雄，这位英雄在历史上是很有名的。"

一块小石头带着讥笑的口气说："历史全靠得住吗？几千年前的人自个儿想的事情，写历史的人都会知道，都会写下来。你说历史能不能全信？"

另一块石头接着说："尤其是英雄，也许是个很平常的人，甚至是个坏蛋，让写历史的人那么一吹嘘，就变成英雄了；反正谁也不能倒过年代来对证。还有更荒唐的，本来没有这个人，明明是空的，经人一写，也就成了英雄了。哪吒，孙行者，不都是英雄吗？这些虽说是小说里的人物，可是也在人的心里扎了根，这种小说跟历史也差不了多少。"

"我代表的那位英雄总不会是空虚的，"上面那石头有点儿不高兴，竭力想说服底下的那些石头，"看市民这样纪念他，崇拜他，一定是历史上的实实在在的英雄。"

"也未必!"六七块石头同时接着说。

一块伶俐的小石头又加上一句："市民最大的本领就是纪念空虚，崇拜空虚。"

上面那石头更加不高兴了，自言自语地说："空虚？我以为受人崇拜总是光荣的，难道我上了当……"

一块小石头也自言自语地说："我们岂但上了当，简直受了罪——一辈子垫在空虚的底下……"

大家不再说话了，都在想事情。

半夜里，石像忽然倒下来，像游泳的人由高处跳到水里。离地高，摔得重，碎成千块万块。石像，连下面的台子，一点儿原来的样子也没有了，变成大大小小的石块，堆在地上。

第二天早晨，市民从石像前边过，预备恭恭敬敬地鞠躬，可是广场中心只有乱石块，石像不知哪里去了。大家你看看我，我看看你，说不出一句话，无精打采地走散了。

雕刻家在乱石块旁边大哭了一场，哀悼他生平最伟大的杰作。他宣告说，他从此不会雕刻了。果然，以后他连一件小东西也没雕过。

乱石块堆在广场的中心很讨厌，有人提议用它筑市外往北去的马路，大家都赞成。新路筑成以后，市民从那里走，都觉得很方便，又开了一个庆祝的盛会。

晴和的阳光照在新路上，块块石头都露出笑脸。他们都赞美自己说：

"咱们真平等！"

"咱们一点儿也不空虚！"

"咱们集合在一块儿，铺成真实的路，让人们在上面高高兴兴地走！"

过去随谈

一

在中学校毕业是辛亥那一年。并不曾作升学的想头；理由很简单，因为家里没有供我升学的钱。那时的中学毕业生当然也有"出路问题"；不过像现在的社会评论家、杂志编辑者那时还不多，所以没有现在这样闹闹嚷嚷的。偶然的机缘，我就当了初等小学的教员，与二年级的小学生做伴。钻营请托的况味没有尝过，照通常说，这是幸运。在以后的朋友中间有这么一位，因在学校毕了业将与所谓社会面对面，路途太多，何去何从，引起了甚深的怅惘；有一回偶游园林，看见澄清如镜的池塘，忽然心酸起来，强烈地萌生着就此跳下去完事的欲望。这样伤感的青年心情我可没有，小学教员是值得当的，我何妨当当；从实际说，这又是幸运。

小学教员一连当了十年，换过两次学校，在后面的两所学校里，都当高等班的级任；但也兼过半年幼稚班的课——幼稚班者，还够不上初等一年级，而又不像幼稚园儿童那样地被训练的，是学校里一个马马虎虎的班次。职业的兴趣是越到后来越好；因为后来几年

50

中听到一些外来的教育理论和方法，自家也零零星星悟到一点儿，就拿来施行，而同事又是几位熟朋友的缘故。当时对于一般不知振作的同业颇有点儿看不起，以为他们德性上有污点，倘若大家能去掉污点，教育界一定会大放光彩的。

"民国"十年暑假后开始教中学生。那被邀请的理由有点儿滑稽。我曾经写些短篇小说刊载在杂志上。人家以为能写小说就是善于作文，善于作文当然也能教国文，于是我仿佛是颇为适宜的国文教师了。这情形到现在仍然不变，写过一些小说之类的往往被聘为国文教师，两者之间的距离似乎还不曾有人切实注意过。至于我舍小学而就中学的缘故，那是不言而喻的。

直到今年，曾经在五所中学三所大学当教员，教的都是国文；这一半是兼职，正业是书局编辑，连续七年有余了。大学教员我是不敢当的；我知道自己怎样没有学问，我知道大学教员应该怎样教他的科目，两相比并，我的不敢是真情。人家却说了："现在的大学，名而已！你何必拘拘？"我想这固然不错；但是从"尽其在我"的意义着想，不能因大学不像大学，我就不妨去当不像大学教员的大学教员。所惜守志不严，牵于友情，竟尔破戒。今年在某大学教"历代文选"，劳动节的下一天，接到用红铅笔署名"L"的警告信，大意说我教的那些古旧文篇，徒然助长反动势力，于学者全无益处，请即自动辞职，免讨没趣云云。我看了颇愤愤：若说我没有学问，我承认；说我助长反动势力，我恨反动势力恐怕比这位 L 先生更真切些呢；倘若认为教古旧文篇就是助长反动势力的实证，不必问对于文篇的态度如何，那么他该叫学校当局变更课程，不该怪到我。后来知道这是学校波澜的一个弧痕，同系的教员都接到 L 先生的警告信，措辞比给我的信更严重，我才像看到丑角的丑脸那样笑了。从此辞去不教；愿以后谨守所志，"直到永远"。

自知就所有的一些常识以及好嬉肯动的少年心情，当个小学或初中的教员大概还适宜。这自然是不往根柢里想去的说法；如往根柢里想去，教育对于社会的真实意义（不是世俗认为的那些意义）是什么，与教育相关的基本科学内容是怎样，从事教育技术上的训练该有哪些项目，关于这些，我就与大多数教员一样，知道得太少了。

二

作小说的兴趣可以说因中学时代读华盛顿·欧文的《见闻录》引起的。那种诗味的描写，谐趣的风格，似乎不曾在读过的一些中国文学里接触过；因此我想，作文要如此才佳妙呢。开头作小说记得是"民国"三年；投寄给小说周刊《礼拜六》，登出来了，就继续作了好多篇。到后来，"礼拜六派"是文学界中一个卑污的名称，无异"海派""黑幕派"等等。我当时的小说多写平凡的人生故事，同后来相仿佛，浅薄诚然有之，如何恶劣却不见得，虽然用的工具是文言，还不免贪懒用一些成语典故。作了一年多就停笔了，直到"民国"九年才又动手。是颉刚君提示的，他说在北京的朋友将办一种杂志，写一篇小说付去吧。从此每年写成几篇，一直不曾间断；只有今年是例外，眼前是十月将尽了，还不曾写过一篇呢。

预先布局，成后修饰，这一类 ABC 里所诏示的项目，总算尽可能的力实做的。可是不行；写小说的基本要项在乎有一双透彻观世的眼睛，而我的眼睛够不上；所以人家问我哪一篇最惬心时，我简直不能回答。为要写小说而训练自己的眼睛固可不必；但眼睛的训练实在是生活的补剂，因此我愿意对这方面致力。如果致力而有进益，由进益而能写出些比较可观的文篇，自是我的欢喜。

为什么近来渐渐少写，到今年连一篇也没有写呢？有一个浅近的比喻，想来倒很确切的。一个人新买一具照相机，不离手的对光，扳机，卷干片，一会儿一打干片完了，就装进一打，重又对光，扳机，卷干片。那时候什么对象都是很好的摄影题材：小妹妹靠在窗沿憨笑，这有天真之趣，照它一张；老母亲捧着水烟袋抽吸，这有古朴之致，照它一张；出外游览，遇到高树、流水、农夫、牧童，颇浓的感兴立刻涌起，当然不肯放过，也就逐一照它一张，洗出来时果能成一张像样的照相与否似乎不关紧要，最热心的是"搭"的一扳——面前是一个对象，对着它"搭"的扳了，这就很满足了。但是，到后来却有相度了一番终于收起镜箱来的时候。爱惜干片么？也可以说是，然而不是。只因希求于照相的条件比以前多了，意味要深长，构图要适宜，明暗要美妙，还有其他，等等，相度下来如果不能应合这些条件，宁可收起镜箱了事；这时候，徒然一扳被视为无意义了。我从前多写只是热心于一扳，现在却到了动辄收起镜箱的境界，是自然的历程。

三

《中学生》主干曾嘱我说些自己修习的经历，如如何读书之类。我很惭愧，自计到今为止，没有像模像样读过书，只因机缘与嗜好，随时取一些书来看罢了。读书既没有系统，自家又并无分析和综合的识力，不能从书的方面多得到什么是显然的。外国文字呢？日文曾经读过葛祖兰氏的《自修读本》两册，但是像劣等学生一样，现在都还给老师了。至于英文，中学时代读得不算浅，读本是文学名著，文法读到纳司非尔的第四册呢；然而结果是半通不通，到今看电影字幕还不能完全明白。（我觉得读英文而结果如此的实在太多了。多少的精神和时间，终于不能完全看明白电影字幕！正在教英文读英文的可以反省一下了。）不去彻底修习，达到全通真通，当然是自家的不是；可是学校对于学生修习各项科目都应定一个毕业的最低限度，一味胡教而不问学生是否达到了最低限度，这不能不怪到学校了。外国文字这一工具既然不能使用，要接触些外国的东西只好看看译品，这就与专待喂养的婴孩同样可怜，人家不翻译，你就没法想。说到译品，等类颇多。有些是译者实力不充而硬欲翻译的，弄来满盘都错，使人怀疑外国人的思想话语为什么会这样奇怪不依规矩。有些据说为欲忠实，不肯稍事变更原文语法上的结构，就成为中国文字写的外国文。这类译品若请专读线装书的先生们去看，一定回答"字是个个识得的，但是不懂得这些字凑合在一起说些什么"。我总算能够硬看下去，而且大致有点儿懂，这不能不归功于读过两种读如未读的外国文。最近看到东华君译的《文学之社会学的批评》，清楚流畅，义无隐晦，以为译品像这个样子，庶几便于读者。声明一句，我不是说这本书就是翻译的模范作；我没有这样狂妄，会自认有评判译品高下的能力。

说起读书，十年来颇看到一些人，开口闭口总是读书，"我只想好好儿念一些书"，"某地方一个图书馆都没有，我简直过不下去"，"什么事都不管，只要有书读，我就满足了"，这一类话时时送到我的耳边；我起初肃然起敬，既而却未免生厌。那种为读书而读书的虚矫，那种认别的什么都不屑一做的傲慢，简直自封为人间的特殊阶级，同时给予旁人一种压迫，仿佛唯有他们是人间的智慧的笃爱者。读书只是至为平常的事而已，犹如吃饭睡觉，何必作为一种口号，唯恐不遑地到处宣传。况且所以要读书，从哲学以至于动植矿，就广义说，无非要改进人间的生活。光是"读"绝非终极的目的。而那些"读书""读书"的先生们似乎以为光是"读"最了不起，生活云云不在范围以内：这也引起我的反感。我颇想标榜"读书非究竟义谛主义"——当然只是想想罢了，宣言之类并未写过。或者有懂得心理分析的人能够说明我之所以有这种反感，由于自家的头脑太俭了，对于书太疏阔了，因此引起了嫉妒，而怎样怎样的理由是非意识地文饰那嫉妒的丑脸的。如果被判定如此，我也不想辩解，总之我确然曾有这样的反感。至于那些将读书作口号的先生们是否真个读书，我不得而知：可是有一层，从其中若干人的现况上看，我的直觉的批评成为客观的真实了。他们果然相信自己是人间智慧的宝库，无所不知，无所不能，得便时抛开了为读书而读书的招牌，就不妨包办一切；他们俨然承认自己是人间的特殊阶级，虽在极微细的一谈一笑之顷，总要表示外国人提出来的"高等华人"的态度。读书的口号，包办一切，"高等华人"，这其间仿佛有互相纠缠的关系似的。

四

我与妻结婚是由人家做媒的，结婚以前没有会过面，也不曾通过信。结婚以后两情颇投合，那时大家当教员，分散在两地，一来一往的信在半途中碰头，写信等信成为盘踞心窝的两件大事。到现在十四年了，依然很爱好。对方怎样的好是彼此都说不出的，只觉很合适，更合适的情形不能想象，如是而已。

这样打彩票式的结婚当然很危险的，我与妻能够爱好也只是偶然；迷信一点儿说，全凭西湖白云庵那位月下老人。但是我得到一种便宜，不曾为求偶而眠思梦想，神魂颠倒；不曾沉溺于恋爱里头，备尝甜酸苦辣各种滋味。图得这种便宜而去冒打彩票式的结婚的险，值得不值得固难断言；至少，青年期的许多心力和时间是挪移了过来，可以去对付别的事了。

现在一般人不愿冒打彩票式的结婚的险是显然的，先恋爱后结婚成为普遍的信念。我不菲薄这种信念，它的流行也有所谓"必然"。我只想说那些恋爱至上主义者，他们得意时谈心，写信，作诗，看电影，游名胜，失意时伤心，流泪，作诗（充满了惊叹号），说人间最不幸的只有他们，甚至想投黄浦江；像这样把整个生命交给恋爱，未免可议。这种恋爱只配资本家的公子、"名门"的小姐去玩的。他们享用的是他们的父亲祖先剥削得来的钱，他们在社会上的地位在未入母腹时早就安排停当，他们看世界非常太平，没有一点儿问题；闲暇到这样地步却也有点儿难受，他们于是就恋爱这个题目，弄出一些悲欢哀乐来，总算在他们空白的生活录上写下了几行。如果不是闲暇到这样的青年男女也想学步，那唯有障碍自己的进路，减损自己的力量而已。

人类不灭，恋爱也永存。但是恋爱各色各样。像公子小姐们玩的恋爱，让它"没落"吧！

做了父亲

假若至今还没有儿女，是不是要与有些人一样，感到是人生的缺憾，心头总有这么一个失望牵萦着呢？

我与妻都说不至于吧。一些人没有儿女感到缺憾，因为他们认为儿女是他们份所应得的，应得而不得，当然要失望。也许有人说没有儿女就是没有给社会尽力，对于种族的绵延没有尽责任，那是颇为冠冕堂皇的话，是随后找来给自己解释的理由，查问到根柢，还是个得不到应得的不满足之感而已。我们以为人生的权利固有多端，而儿女似乎不在多端之内，所以说不至于。

但是儿女早已出生了，这个设想无从证实。在有了儿女的今日，设想没有儿女，自然觉得可以不感缺憾；倘若今日真个还没有儿女，也许会感到非常寂寞，非常惆怅吧。这是说不定的。

"教育是专家的事业"，这句话近来几乎成了口号，但是这意义仿佛向来被承认的。然而一为父母就得兼充专家也是事实。非专家的专家担起教育的责任来，大概走两条路：一是尽许多不必要的心，结果是"非徒无益，而又害之"；一是给了个"无所有"，本应在儿女的生活中给充实些什么，可是并没有把该给充实的付与儿女。

自家反省，非意识地走的是后一条路。虽然也像一般父亲一样，被一家人用作镇压孩子的偶像，在没法对付时，就"爹爹，你看某某!"这样喊出来；有时被引动了感情，骂一顿甚至打一顿的事也有。但是收场往往像两个孩子争闹似的，说着"你不那样，我也就不这样"的话，其意若曰彼此再别说这些，重复和好了吧。这中间积极的教训之类是没有的。

不自命为"名父"的，大多走与我同样的路。

自家就没有什么把握，一切都在学习试验之中，怎么能给后一代人预先把立身处世的道理规定好了教给他们呢？

学校，我想也不是与儿女有什么了不起的关系的。学习一些符号，懂得一些常识，结交若干朋友，度过若干岁月，如是而已。

以前曾经担过忧虑，因为自家是小学教员出身，知道小学的情形比较清楚，以为像个模样的小学太少了，儿女达到入学年龄的时候将无处可送。现在儿女三个都进了学校，学校也不见特别好，但是我毫不存勉强迁就的意思。

一定要有理想的小学才把儿女送去，这无异看儿女作特别珍贵特别柔弱的花草，所以要保藏在装着暖气管的玻璃花房里。特别珍贵么，除了有些国家的华胄贵族，谁也不肯对儿女作这样的夸大口吻。特别柔弱么，那又是心所不甘，要抵挡得风雨，经历得霜雪，这才可喜。——我现在作这样想，自笑以前的忧虑殊属无谓。

何况世间为生活所限制，连小学都不得进的多得很，他们一样要挺直身躯立定脚跟做人。学校好坏于人究竟有何等程度的关系呢？——这样想时，以前的忧虑尤见得我的浅陋了。

我这方面既然给了个"无所有"，学校方面又没有什么了不起的关系，这就拦到了角落里，儿女的生长只有在环境的限制之内，凭他们自己的心思能力去应付一切。这里所谓环境，包括他们所有遭值的事和人物，一饮一啄，一猫一狗，父母教师，街市田野，都在里头。

做父亲的真欲帮助儿女仅有一途，就是诱导他们，让他们锻炼这种心思能力。若去请教专门的教育者，当然，他将说出许多微妙的理论，但是要义大致也不外乎此。

可是，怎样诱导呢？我就茫然了。虽然知道应该往哪一方向走，但是没有往前走的实力，只得站在这里，搓着空空的一双手，与不曾知道方向的并无两样。我很明白，对儿女最抱歉的就是这一点，将来送不送他们进大学倒没有多大关系。因为适宜的诱导是在他们生命的机械里加添燃料，而送进大学仅是给他们文凭、地位，以便剥削他人而已。（有人说起振兴大学教育可以救国，不知如何，我总不甚相信，却往往想到这样不体面的结论上去。）

他们应付环境不得其当甚至应付不了的时候，一定会怅然自失，心里想，如果父亲早给点儿帮助，或者不至于这样无所措吧。这种归咎，我不想躲避，也没法躲避。

对于儿女也有我的希望。

一句话而已，希望他们胜似我。

所谓人间所谓社会虽然很广漠，总直觉地希望它有进步。而人是构成人间社会的。如果后代无异前代，那就是站在老地方没有前进，徒然送去了一代的时光，已属不妙。或者更甚一点，竟然"一代不如一代"，试问人间社会经得起几回这样的七折八扣呢！凭这么想，我希望儿女必须胜似我。

爬上西湖葛岭那样的山就会气喘，提十斤左右重的东西走一两里路胳膊就会酸好几天，我这种身体是完全不行的。我希望他们有强壮的身体。

人家问一句话一时会答不上来，事务当前会十分茫然，不知怎样处置或判断，我这种心灵是完全不行的。我希望他们有明澈的心灵。

说到职业，现在干的是笔墨的事，要说那干系之大，当然可以戴上文化或教育的高帽子，于是仿佛觉得并非无聊。但是能够像工人农人一样，拿出一件供人家切实应用的东西来么？没有！自家却使用了人家生产的切实应用的东西，岂非也成了可羞的剥削阶级？文化或教育的高帽子只能掩饰丑脸，聊自解嘲而已，别无意义。这样想时，更菲薄自己，达于极点。我希望他们与我不一样：至少要能够站在人前宣告道，"凭我们的劳力，产生了切实应用的东西，这里就是！"其时手里拿的是布匹米麦之类；即使他们中间有一个成为玄学家，也希望他同时铸成一些齿轮或螺丝钉。

关于青年的修养①

　　读者中常有人写信来，希望本志能够刊载一些关于青年修养问题的文字。修养可以有广狭两义，广义把学问和技术的修炼都包括在内，狭义专指道德的训练，这里当是指狭义而言的。

　　青年时期身心的变化甚大，最易受环境的影响，就教育的观点来看，青年时期最适于受陶冶，青年们能够趁这时期自己注意到道德的训练，自是非常有益的事情。今年本志特辟《每月讲坛》一栏，邀请国内各方面的学问家、事业家写出他们所愿意对诸君谈的话，我们相信这些话对于诸君的修养一定会有莫大的帮助的。我们遇有相当机会，也乐于把所想到的意思提出来，诸君自己如果有好的意见或什么问题，也请写出来，供大家讨论。

　　青年修养的问题，范围很广，如个人日常生活的规律、求学、交友、恋爱、职业以至人生观、世界观……种种方面，无所不包。在事实上，这些问题，诸君正不断地在自己的环境里接触着，而且所受自动的或被动的、显著的或暗示的训练一定已经不少，诸君如果能够好好地应用到生活上去，似乎再没有什么问题，不过事情却

　　①　原载 1937 年 1 月 1 日《中学生》第 71 号《卷头言》，署名编者。

并不如此简单。我们所处的时代，正是一个青黄不接的过渡时代，社会阶层复杂，而且在不绝地变化着，五花八门，几乎令人无从捉摸，在这样的时代，道德的标准也就因社会阶层的不同而各异其趣。因此我们就得注意到：我们对于任何道德训练，在接受以前，都得经过一番精密的考虑，检查出它所凭借的社会基础来，然后加以抉择。

道德的标准因时代而不同。这从诸君在学校里所修习的一门功课的名称的改变上稍可以证明，这门功课是以对诸君施行道德训练为目标的，现在叫作"公民"，但在十多年之前——五四运动之前，却并不叫作"公民"而叫作"修身"。就内容的性质来看，前后可说是大同小异，并无本质上的差别，所以要把名称改变，就因为在叫作"修身"的时代，训练的目标是以"个人为本位"的，后来时势不同了，训练的目标要以"社会为本位"了，这才改叫作"公民"。从个人本位的训练，转变到社会本位的训练，在教育上不能不说是一种进步。（现在公民科教材是否适当，那是另一个问题。）不过社会上有些事情，往往注意到了这一方面，就把那一方面疏忽了。就这青年的道德训练问题来看，最近十多年来一般的趋势，因为大家集中到社会问题和国家问题的缘故，关于个人的修养方面似乎太少有人关心了，像从前那种形式的、禁欲的、玄虚的个人修养，违反身心的原则，结果容易养成一些假道学、伪君子或迂夫子，我们当然不敢赞同。现在世界上，据说有人在鼓吹无条件地信仰偶像，养成青年盲目的、被动的服从性，其结果大抵只能造成一些供人驱策的奴才，我们也不敢表示苟同。不过合理的、基于个人生活的现实性和社会性的基本训练，我们却以为应该充分接受。举例来说，节制和勤勉等德性看似平淡无奇，却是任何人从事任何事业所必需具备的条件。不能运用自己坚强的意志力量来克制不合理的欲望，其结果必致为欲望所牵制，无法保持自己的节操。又如一味散懒成性，苟且因循，任何学问和事业就都难望有成功。所以我们一方面固然要着眼于国家、社会等大问题，同时也不可把个人方面的种种基本训练完全忘记。

青年修养问题，范围既非常广泛，可以说的话当然很多。这里我们随便举出了上述的两点意见，不知青年诸君以为何如？

牵牛花

手种牵牛花，接连有三四年了。水门汀地没法下种，种在十来个瓦盆里。泥是今年又明年反复用着的，无从取得新的泥来加入。曾与铁路轨道旁种地的那个北方人商量，愿出钱向他买一点儿，他不肯。

从城隍庙的花店里买了一包过磷酸骨粉，搀和在每一盆泥里，这算代替了新泥。

瓦盆排列在墙脚，从墙头垂下十条麻线，每两条距离七八寸，让牵牛的藤蔓缠绕上去。这是今年的新计划，往年是把瓦盆摆在三尺光景高的木架子上的。这样，藤蔓很容易爬到了墙头；随后长出来的互相纠缠着，因自身的重量倒垂下来，但末梢的嫩条便又蛇头一般仰起，向上伸，与别组的嫩条纠缠，待不胜重量时重演那老把戏；因此墙头往往堆积着繁密的叶和花，与墙腰的部分不相称。今年从墙脚爬起，沿墙多了三尺光景的路程，或者会好一点儿；而且，这就将有一垛完全是叶和花的墙。

藤蔓从两瓣子叶中间引伸出来以后，不到一个月工夫，爬得最快的几株将要齐墙头了。每一个叶柄处生一个花蕾，像谷粒那么大，便转黄萎去。据几年来的经验，知道起头的一批花蕾是开不出来的；

到后来发育更见旺盛，新的叶蔓比近根部的肥大，那时的花蕾才开得成。

今年的叶格外绿，绿得鲜明；又格外厚，仿佛丝绒剪成的。这自然是过磷酸骨粉的功效。他日花开，可以推知将比往年的盛大。

但兴趣并不专在看花，种了这小东西，庭中就成为系人心情的所在，早上才起，工毕回来，不觉总要在那里小立一会儿。那藤蔓缠着麻线卷上去，嫩绿的头看似静止的，并不动弹；实际却无时不回旋向上，在先朝这边，停一歇再看，它便朝那边了。前一晚只是绿豆般大一粒嫩头，早起看时，便已透出二三寸长的新条，缀一两张长满细白绒毛的小叶子，叶柄处是仅能辨认形状的小花蕾，而末梢又有了绿豆般大一粒嫩头。有时认着墙上的斑剥痕想，明天未必便爬到那里吧；但出乎意外，明晨竟爬到了斑剥痕之上；好努力的一夜功夫！"生之力"不可得见；在这样小立静观的当儿，却默契了"生之力"了。渐渐地，浑忘意想，复何言说，只呆对着这一墙绿叶。

即使没有花，兴趣未尝短少；何况他日花开，将比往年盛大呢。

看　月

　　住在上海"弄堂房子"里的人对于月亮的圆缺隐现是不甚关心的。所谓"天井"，不到一丈见方的面积。至少十六支光的电灯每间里总得挂一盏。环境限定，不容你有关心到月亮的便利。走到路上，还没"断黑"已经一连串地亮了街灯。有月亮吧，就像多了一盏灯。没有月亮吧，犹如一盏街灯损坏了，没有亮起来。谁留意这些呢？

　　去年夏天，我曾经说过不大听到蝉声，现在说起月亮，我又觉得许久不看见月亮了。只记得某夜夜半醒来，对窗的收音机已经沉寂，隔壁的"麻将"也歇了手，各家的电灯都已熄灭，一道象牙色的光从南窗透进来，把窗棂印在我的被袱上。我略微感到惊异，随即想到原来是月亮光。好奇地要看看月亮本身，我向窗外望。但是，一会儿月亮被云遮没了。

　　从北平来的人往往说在上海这地方怎么"待"得住。一切都这样紧张。空气是这样龌龊。走出去很难得看见树木。诸如此类，他们可以举出一大堆。我想，月亮仿佛失掉了这一点，也该列入他们认为上海"待"不住的理由吧。假若如此，我倒并不同意。在生活的诸般条件里列入必须看月亮一项，那是没有理由的。清旷的襟怀和高远的想象力未必定须由对月而养成。把仰望的双眼移到地面，同样可以收到修养上的效益，而且更见切实。可是我并非反对看月亮，只是说即使不看也没有什么关系罢了。

最好的月色我也曾看过。那时在福州的乡下，地当闽江一折的那个角上。某夜，靠着楼栏直望。闽江正在上潮，受着月光，成为水银的洪流。江岸诸山略微笼罩着雾气，好像不是平日看惯的那几座山了。月亮高高停在天空，非常舒泰的样子。从江岸直到我的楼下是一大片沙坪，月光照着，茫然一白，但带点儿青的意味。不知什么地方送来晚香玉的香气。也许是月亮的香气吧，我这么想。我心中不起一切杂念，大约历一刻钟之久，才回转身来。看见蛎粉墙上印着我的身影，我于是重又意识到了我。

那样的月色如果能得再看几回，自然是愉悦的事，虽然前面我说过"即使不看也没有什么关系"。

中年人

接到才见了一面的一位青年的信，中间有"这回认识了你这个中年人"的话。原来是中年人了，至少在写信给我的青年的眼光里已经是了。

平时偶然遇见旧友，不免说一些根据直觉的话：从前在学校里年龄最小，体操时候总作"排尾"，现在在常相过从的朋辈中间，以年龄论虽不至于作"排头"，然而前十名是居之不疑的了。或者说：同辈的喜酒仿佛早已吃完了，除了那好像缺少了什么的"续弦"的筵席。及至被问到儿女有几，他们多大了，当不得不据实回答：大的在中学，身子比我高出半个头，小的几岁了，已经进了小学。

听了这些话，对方照例说："时光真快呀。才一眨眼，就有如许不同。我们哪得不老呢!"这是不知多少世代说熟了的滥调。犹如春游的人一开口就是"桃红柳绿，水秀山明"似的，在谈到年龄呀儿女呀的场合里，这滥调自然而然脱口而出；同时浮起一种淡淡的伤感心情，自己就玩味这种伤感心情，取得片刻的满足。我觉得这是中年人的乏味处。听这么说，我只好默然不语或者另外引起一个端绪，以便谈下去。

中年的文人往往会"悔其少作"。仿佛觉得目前这样的功力才到了家，够了格；以今视昔，不知当时的头脑何以那样荒唐，当时的手腕何以那样粗疏。于是对着"少作"颜面就红起来，一直蔓延到颈根。非文人的中年人也一样。人家偶尔提起他的少年情事，如抱不平一拳把人打倒在地，与某女郎热恋至于相约同逃之类，他就现出一副尴尬的神态说："不用提了，那时候真是胡闹！"你若再不知趣，他就要怨你有意与他为难了。

大概人到中年，就意识地或非意识地抱着"言为士则，行为世范"的大志。发些议论，写些文字，总得含有教训意味。人家受不受教训当然是另一问题；可是不教训似乎不过瘾，那就只有搭起架子来说话作文了。虽是寻常的一举一动，也要在举动之先反省说："这是不是可以给后辈示范的?"于是步履从容安详了，态度中正和平了，喜怒哀乐发而皆中节，差不多可以入圣庙的样子。但是，一个堪为"士则""世范"的中年人的完成，就是一个天真活泼爽直矫健的青年人的毁灭。一般中年人"悔其少作"，说"那时候真是胡闹"，仿佛当初曾经做过青年人是他们的绝大不幸；其实，所有的中年人如果都这样悔恨起来，那才是人间的绝大不幸呢。

在电影院里，可以看到中年人的另一方面。臂弯里抱着孩子，后面跟着女人，或者加上一两个大点儿的孩子，昂起了头找坐位。牵住了人家的衣襟，踩着了人家的鞋，都不管得，都像没有这回事。找到坐位了，满足地坐下来，犹如占领了一个王国。明明是在稠人广座之中，而那王国的无形的墙壁障蔽得十分严密，使他如入无人之境。所有视听之娱仿佛完全属于他那王国的；几乎忘了同时还有别人存在。这情形与青年情侣所表现的不同。青年情侣在唧唧哝哝之外，还要看看四周围，显示他们在广众中享受这份乐趣的欢喜和骄傲。中年人却同作茧而自居其中的蚕蛹一样，不论什么时候只看见他自己的茧子。

　　已经是中年人了，只希望不要走上那些中年人的路。

最有意义的生活

一块小青石和一块小黑石被山水冲到滩上，停留在许多石块中间，已经一年光景了。它们身旁长着青青的草，开着可爱的小花，常常有蝴蝶和蚱蜢飞来。它们的生活平静极了，安适极了。

一天，小青石对小黑石说："太安静了，有点儿不习惯！"

小黑石回答说："是的，真个太安静了。回想被山水冲下来的时候，迷迷糊糊的，不知道将要怎样了，那情形真跟梦里一般。"

小青石说："这样安静的日子，我过厌了。一年到头待在这儿，太乏味了。要是我能够跟蝴蝶和蚱蜢一个样，想去哪儿就去哪儿，那该多好呀！"

小黑石想了一会儿才说："别胡说了，咱们石头天性就是老待着不动的。"

"虽说是天性，老待着不动有什么出息呢？"小青石说，"在山上咱们的老家里不是有许多水晶和玛瑙吗？它们都到都市里去了，有的成了姑娘的发簪，有的成了哥儿的纽扣。它们到处都去，长了不少见识，过着有趣的生活。我身上也有好看的光彩，到了都市里，说不定也会成为姑娘的发簪，成为哥儿的纽扣。"

"你的话也许没错，"小黑石说，"可是你怎么去呢？"

小青石说："我希望有谁把我捡去，带到都市里，老待在这里真把我闷死了。再说，要是山上发大水，把咱们一直冲进了大海，那就完了。咱们沉入海底，永远没有出头的日子了。"

小黑石被太阳晒得暖洋洋的，非常舒服，它只觉得小青石的话越来越模糊，一会儿就睡着了。

过了几天，石滩上来了一群工人。他们用铁铲铲起石块，投进小车；又把小车推上岸，把小石头装上火车，运进都市去。

小青石得意地想："我就要到都市里去了！说不定会跟水晶和玛瑙碰头吧！我将会成为发簪还是成为纽扣呢？不管成为什么都一样，总之是姑娘和哥儿的朋友了。喂，快把我也铲起来吧！"

果然，小青石和小黑石跟别的小石头一起，被铁铲铲起来了。在投进小车的时候，不知怎么的，小黑石掉了下来，滚进了草丛里。

小青石大声喊："怎么啦，我的朋友？你怎么不一同去呀？"

可是一点儿回音也没有。小青石非常可怜小黑石，大家都要到城市里去了，只有它一个仍旧留在这里。

一会儿，小车动起来了。小青石满心欢喜，小车很颠簸，它却觉得异样的舒服。

第三天早上，小青石和许多同伴被卸在一条宽阔的道路边上。一把大铁铲把它们铲起来，跟沙和水泥混在一起，加上水，翻来覆去地搅拌。

小青石浑身沾着湿漉漉的水泥，被搅得头都晕了。它不免生气说："这究竟是怎么回事？这样蛮不讲理的，把我们翻来覆去搅拌。为什么不把我们送到珠宝铺子里去呢？"

大铁铲更加使劲地搅拌。小青石浑身涂满了沙和水泥，连气都透不过来了。最后，它跟沙和水泥在一起，被铺在道路上，压得平平的，盖上了一张草席。

小青石累极了，它一声不响，忽然觉得它跟周围一同变硬了。它原先是坚硬的石块，这时候好像比先前硬了许多倍，跟先前大不相同了。过些时候，草席被揭掉了，一只草鞋正好踏在小青石上。

"奇怪，我变成什么东西了?"小青石想了一会儿才明白过来，它已经成为水门汀的一小部分了。

从此以后，每天每天，不知道有多少人的脚在小青石上踩过：小朋友的穿着布鞋的脚，小贩的穿着草鞋的脚，年轻的女人穿着缎鞋的脚，乞丐赤着的脚。小青石看着许许多多人的脚，心里非常快乐。

自己成了让所有的人走的路，真是再快乐没有了。小青石不属于姓张的，也不属于姓李的；它不是谁私有的东西，而是为大众服务的一个。它支持着大众的脚，它不再羡慕水晶和玛瑙了。它想："我过的是最有意义的生活。"

"小黑石说得很对，咱们石头的天性就是老待着不动的。不过，要像我现在这样老待着不动才有意义呢!"小青石这样想着，看着在它身上踩过的脚。

教育与人生

在讨论教育与人生的问题之前，我们先看什么是教育？什么是人生？

教育的意义究竟是什么？许多人认为，教育是"成熟的人对未成熟的人，以一定的目的方法使能自觉"。这种说法固然不能说不对，但总有些空泛。又如杜威所谓"教育即生活"，舒新城所谓"教育是启进人生的活动，其目的在于为社会创造自立的个人，为个人创造互助的社会；其方法在利用社会的（自然环境及社会环境）刺激，使受教育者自动解决问题，创造生活"。（见《教育通论》）这些理论也偏于空疏，没有切实道破具体的教育的意义。

我以为教育应该指学校教育而言。所以教育是用学校作为工具，把旧有的知识系统传授给继起的青年，使他们养成一种适合于既成社会的人格，以维持和发展这个社会。所以教育是人类获得生存资料和经营生活的一种工具。教育本身并非目的，而是工具。这种工具，大而言之可以挽救国家社会，小而言之可以指导个人，改造个人的错误，实现个人的本能，它的作用是很大的。

人生的意义是什么？所谓"人生"，系包括人类的物质生活和精神生活而言。各人对于人生的见解，就是所谓"人生观"。认为人生是快乐的，就是快乐的人生观；认为人生应该献身于国家与社会的，就是责任的人生观。各人的环境不同，着眼点各异，因而各人的人生观亦不一致。学校教育的目的就在于使学生养成正确的人生观，因而不能不注意教育与人生的关系。

教育与人生的关系，大致有后列三点：

一、以教育认识自己。天下最可怜的事情莫过于自己不认识自己。有的人因为不认识自己的缘故，走入歧途，一切堕落，事业不得成功，甚至危及生命，这是何等的危险。

认识自己有两方面：一为自己的主体，或称"自我"；一为自己的环境，或称"外物"或"客体"。单是自我，不会有正确认识；单是被认识的客体，也不能认识自己：必须明白了主体与客体的关系，认识了环境，方能认识自己。所以我们首先要认识的就是我们的环境。我们的行动与环境发生密切的关系：环境有支配或决定人生的力量，同时又有引诱人生入于某种途径的力量；我们受种种外物的支配和引诱都是必然的，不是偶然的。所以要认识了我们的环境，我们的行动才会有目标有意义，不至于成为盲目的不正当的行为。

在认识环境之后，应当认识自己的本身。认识自己的本身，最主要的是自己的地位。一个人能否尽自己的责任，就以认识自己的地位与否为先决的条件。各个人的地位本来是环境的反映，但是对付环境因人而不同，不是机械的受其支配而已。所以对于环境，就有能否适应的分别。所谓适应，既非屈从，又非反抗，乃是恰当利用之谓。要利用环境，除了认识环境之外，第一要注意自己所处的地位，第二是自己的能力，第三是自己的能力在所处的地位能够发挥的作用。所以环境的认识和自我的认识都是必要的。

认识客体的环境和自我主体的地位，不是一件容易的事情，必须有相当的知识学力，才能辨别是非，分清黑白。这当然是教育的责任了。教育不仅要增加学生的知识学力，同时要引导学生走入正轨，使其了解世界的大势，本国的情状，以及学生所负的使命和个人所处的地位。

二、以教育革新自己。既然认识了自我与环境，就应当从事于革新自己。革新可以分两个方面来说：

一方面是铲除一切障碍物，如虚荣心、怠惰心，等等。一般人很容易受这些魔力的支配，自己不能节制自己，这是人类本性上的缺陷。但人类的本性也具有许多优点，如仁爱、求知，等等。我们应当发扬自己的长处，铲除这些短处。

另一方面是革新过去的错误观念。我们认识了环境和自己的地位，就应当铲除以往的错误观念，向新的路线上走去。一个人总有自己的人生观和宇宙观。较进步的人对社会更有认识，这种种认识，构成了人类行为的基础。我们在认识了环境和自我之后，对这种种当然会有相当的认识。在我们的本能中虽然有除旧布新的成分，同时也有迷恋过去的成分，所以革新过去的错误观念，便非常重要了。

要铲除一切障碍物，革新过去的错误观念，必须在教育上下功夫。因为怎样铲除虚荣心、怠惰心，如何革新错误观念，是要以教育力量为原动力的。

三、以教育成就自己。由认识自己而革新自己，由革新自己而成就自己，是一种自然的步骤。如何才能达到成就自己的目的呢？这当然有研究的必要。我以为应当按照自己的所长和所好去成就自己。譬如爱好理科的，就可以在理科方面努力；爱好文学或政治经济的，就可在文学或政治经济方面努力。这样去做，是很容易成功的。要使人们都能够这样成就自己，非借助于教育不可。可见教育对于人生所负的责任，真是不小。

以上三件事，无论缺了哪一件，很难成为健全的分子。今后的教育应当从这三件事着手，尤其对于中学生，更应当特别训练。希望负有教育责任的人注意。

薪　工

我记得第一次收受薪水时的心情。

校长先生把解开的纸包授给我，说："这里是先生的薪水，二十块，请点一点。"

我接在手里，重重的。白亮的银片连成的一段，似乎很长，仿佛一时间难以数清片数。这该是我收受的吗？我收受这许多不太僭越吗？这样的疑问并不清楚地意识着，只是一种模糊的感觉通过我的全身，使我无所措地瞪视手里的银元，又抬起眼来瞪视校长先生的毫无感情的瘦脸。

收受薪水就等于收受于此相当的享受。在以前，我的享受全是父亲给的；但是从这一刻起，我自己取得若干的享受了。这是生活上的一个转变。我又仿佛不能自信：以偶然的机缘，便遇到这个转变，不要是梦幻吧？

此后我幸未失业，每月收到薪水，习以为常，所以若无其事，拿到手就放进袋里。衣食住行一切都靠此享受到了，当然不复疑心是梦幻。可是在头脑空闲一点儿的时候，如果想到这方面去，仍不免有僭越之感。一切的享受都货真价实，是大众给我的，而我给大众的也能货真价实，不同于肥皂泡儿吗？这是很难断言的。

阅世渐深，我知道薪工阶级的被剥削确是实情，只要具有明澈的眼睛的人就看得透，这并不是什么深奥的学理。薪工阶级为自己的权利而抗争，也是理所当然。但是，如果用怠工等拆烂污的办法来抗争，我以为是薪工阶级的缺德。一个人工作着工作着，广义地说，便是把自己的一份心力贡献给大众。你可以维护自己的权利，可以反抗不当的剥削，可是你不应该吝惜你自己的一份心力，让大众间接受到不利的影响。

　　在收受薪水的时候，固然不妨考量是不是收受得太少；而在从事工作的时候，却应该自问是不是贡献得欠多。我想，这可以作为薪工阶级的座右铭。我这么说，并不是替不劳而获的那些人保障利益。从薪工阶级的立场说起来，不劳而获的那些人是该彻底地被消灭的。他们消灭之后，大家还是薪工阶级，而贡献心力也还是务期尽量的。

掮枪的生活

我当中学生的时代在清朝末年，那时候厉行军国民教育，所以我受过三年多的军事训练。现在回想起来，旁的也没有什么，只那掮枪的生活倒是颇有兴味的。

我们那时候掮的是后膛枪，上了刺刀，大概有七八斤重。腰间围着皮带。皮带上系着两个长方形的皮匣子，在左右肋骨的部位，那是预备装子弹的。后面的左侧又系着刺刀的壳子。这样装束起来，俨然是个军人了。

我们平时操小队教练、中队教练，又操散兵线，左右两旁的伙伴离得特别开，或者直立预备放，或者跪倒预备放，或者卧倒预备放。当卧倒预备放的时候，胸、腹、四肢密贴着草和泥土，有一种说不出来的快感。待教师喊出"举枪——放！"的口令的时候，右手的食指在发弹机上这么一扳，更是极度兴奋的举动。

有时候我们练习冲锋，斜执着上了刺刀的枪，一拥而前。不但如此，还要冲上五六丈高的土堆；土堆的斜坡很有点儿陡峭，我们不顾，只是脚不点地地往上冲。嘴里还要呐喊："啊！——啊！"宛然有千军万马的气势。谁第一个冲到土堆的顶上，就高举手里的枪，与教师手里的指挥刀一齐挥动，犹如占领了一座要塞。

有时候我们练习野外侦察，三个四个作一组，各走不同的道路，向田野或树林出发。如果是秋季的晴天，侦察就大有趣味。干草的甘味扑鼻而来；各种昆虫或前或后，飞飞歇歇，好像特地来与我们做伴；清水的池边，断栏的桥上，随处可以坐下来；阳光照在身上，不嫌其热，可是周身感到健康的快感。这当儿，我们差不多忘了教师讲的侦察时候应该注意些什么。我们高兴有这样的机会，从沉闷的教室里逃到空旷的原野里，作一回捐着枪的游散。

一年的乐事，秋季旅行为最。旅行的时候也用军法部勒。一队有队长，一小队有小队长。步伐听军号，归队和散队听军号，吃饭听军号，早起夜眠也听军号。我有几个同级的好友是吹号打鼓的好手，每逢旅行，他们总排在队伍的前头，显耀他们的本领。我从他们那里受到熏染，知道吹号打鼓与其他技艺一样，造诣也颇有深浅的差异；要沉着而又圆转，那才是真功夫。我略能鉴别吹奏的好坏；有几支军号的曲调至今还记得。

旅行不但捐枪束子弹带，还要向军营里借了粮食袋和水瓶来使用。粮食袋挂在左腰间，水瓶挂在右腰间，里头当然装满了内容物。这就颇有点儿累赘了，然而我们都欢喜这样的装束，恨不得在背上再加个背包。其时枪也擦得特别干净，枪管乌乌的，枪柄上不留一点儿污迹，枪管子里面是人家看不见的，可是我们也用心擦，直擦到用一只眼睛窥看的时候，来复线条条闪亮，耀着青光，才肯罢手。

旅行到了目的地，或者从轮船上起岸，或者从火车上下来，我们总是排成四行的队伍，开着正步，昂然前进。校旗由排头笔直地执着，军号军鼓奏着悠扬的调子；步伐匀齐，没有一点儿错乱。人家没有留心看校旗上的字，往往说"哪里来的军队"。听了这个话，我们的精神更见振作,身躯挺得更直,步子也跨得更大。有一年秋季旅行,达到目的地已经是晚上八点过后,天下着大雨,地上到处是水潭。我们依然开正步,保持着队伍的整齐形式。一步一步差不多都落在水潭里,皮鞋里完全灌满了水,衣服也湿透了,紧贴着皮肤。我们都以为这是有趣的佳遇,不感到难受。又有一年秋季,到南京去参观南洋劝业会,正走进会场的正门,忽然来一阵点儿很大的急雨。我们好像没有这回事,立停,成双行向左转,报数,搭枪架,然后散开,到各个馆里去参观。第二天《会场日报》刊登特别记载:某某中学到来参观,完全是军队的模样,遇到阵雨,队伍绝不散乱,学生个个精神百倍,如是云云。我们都珍重这一则新闻记事,认为是这一次旅行的荣誉。

旅行时候的住宿又是一件有味的事。往往借一处地方,在屋子里平铺着稻草,就把带去的被褥摊在上面。睡眠的号声幽幽地吹起来时,大家蚱蜢似的窜向自己的铺位,解带子,脱衣服,都觉得异样新鲜,似乎从来没有做过的。一会儿熄灯的号声响了,就在一团黑暗里静待入睡。各人知道与许多伙伴在一起,差不多同睡在一张巨大的床上,所以并不感到凄寂。第二天醒来当然特别早,只等起身号的第一个音吹出,大家就站了起来,急急忙忙把自己打扮成个军人了。

从前的掮枪生活,现在回想起来,颇带一些浪漫意味。这在当时主张军国民教育的人说来,自然是失败了。然而我们这批人的青年生活却因此得到了一些润泽。

说　书

　　因为我是苏州人，望道先生要我谈谈苏州的说书。我从七八岁的时候起，私塾里放了学，常常跟着父亲去"听书"。到十三岁进了学校才间断，这几年间听的"书"真不少。"小书"如《珍珠塔》《描金凤》《三笑》《文武香球》，"大书"如《三国志》《水浒》《英烈》《金台传》，都不止听一遍，最多的听到三遍四遍。但是现在差不多忘记干净了，不要说"书"里的情节，就是几个主要人物的姓名也说不齐全了。

　　"小书"说的是才子佳人，"大书"说的是历史故事跟江湖好汉，这是大概的区别。"小书"在表白里夹着唱词，唱的时候说书人弹着三弦；如果是双档（两个人登台），另外一个就弹琵琶或者打铜丝琴。"大书"没有唱词，完全是表白。说"大书"的那把黑纸扇比较说"小书"的更为有用，几乎是一切"道具"的代替品，诸葛亮不离手的鹅毛扇，赵子龙手里的长枪，李逵手里的板斧，胡大海手托的千斤石，都是那把黑纸扇。

　　说"小书"的唱词据说是依"中州韵"的，实际上十之八九是方音，往往"ㄣ""ㄥ"不分，"真""庚"同韵。唱的调子有两派：一派叫"马调"，一派叫"俞调"。"马调"质朴，"俞调"婉转。"马调"容易听清楚，"俞调"抑扬太多，唱得不好，把字音变了，就听不明白。"俞调"又比较是女性的，说书的如果是中年以上的人，勉强逼紧了喉咙，发出撕裂似的声音来，真叫人坐立不安，浑身肉麻。

"小书"要说得细腻。《珍珠塔》里的陈翠娥见母亲势利，冷待远道来访的穷表弟方卿，私自把珍珠塔当作干点心送走了他。后来忽听得方卿来了，是个唱"道情"的穷道士打扮，要求见她。她料知其中必有蹊跷，下楼去见他呢还是不见他，踌躇再四，于是下了几级楼梯就回上去，上去了又走下几级来，这样上上下下有好多回，一回有一回的想头。这段情节在名手有好几天可以说。其时听众都异常兴奋，彼此猜测，有的说"今天陈小姐总该下楼梯了"，有的说"我看明天还得回上去呢"。

"大书"比较"小书"尤其着重表演。说书人坐在椅子上，前面是一张半桌，偶然站起来，也不很容易回旋，可是像演员上了戏台一样，交战，打擂台，都要把双方的姿态做给人家看。据内行家的意见，这些动作要做得沉着老到，一丝不乱，才是真功夫。说到这等情节自然很吃力，所以这等情节也就是"大书"的关子。譬如听《水浒》，前十天半个月就传说"明天该是景阳冈打虎了"，但是过了十天半个月，还只说到武松醉醺醺跑上冈子去。

说"大书"的又有一声"咆头"，算是了不得的"力作"。那是非常之长的喊叫，舌头打着滚，声音从阔大转到尖锐，又从尖锐转到奔放，有本领地喊起来，大概占到一两分钟的时间：算是勇夫发威时候的吼声。张飞喝断灞陵桥就是这么一声"咆头"。听众听到了"咆头"，散出书场来还觉得津津有味。

无论"小书"和"大书"，说起来都有"表"跟"白"的分别。

"表"是用说书人的口气叙述;"白"是说书人说书中人的话。所以"表"的部分只是说书人自己的声口,而"白"的部分必须起角色,生旦净丑,男女老少,各如书中人的身份。起角色的时候,大概贴旦丑角之类仍用苏白,正角色就得说"中州韵",那就是"苏州人说官话"了。

说书并不专说书中的事,往往在可以旁生枝节的地方加入许多"穿插"。"穿插"的来源无非《笑林广记》之类,能够自出心裁地编排一两个"穿插"的当然是能手了。关于性的笑话最受听众欢迎,所以这类"穿插"差不多每回可以听到。最后的警句说了出来之后,满场听众个个哈哈大笑,一时合不拢嘴来。

书场设在茶馆里。除了苏州城里,各乡镇的茶馆也有书场。也不止苏州一地,大概整个吴方言区域全是这批说书人的说教地。直到如今还是如此。听众是士绅以及商人,以及小部分的工人农民。从前女人不上茶馆听书,现在可不同了。听书的人在书场里欣赏说书人的艺术,同时得到种种的人生经验:公子小姐的恋爱方式,吴用式的阴谋诡计,君师主义的社会观,因果报应的伦理观,江湖好汉的大块分金、大碗吃肉,超自然力的宰制人间,无法抵抗……也说不尽这许多,总之,那些人生经验是非现代的。

现在,书场又设到无线电播音室里去了。听众不用上茶馆,只要旋转那"开关",就可以听到叮叮咚咚的弦索声或者海瑞、华太师等人的一声长嗽。非现代的人生经验利用了现代的利器来传播。这真是时代的讽刺。

昆 曲

　　昆曲本是吴方言区域里的产物，现今还有人在那里传习。苏州地方，曲社有好几个。退休的官僚，现任的善堂董事，从课业练习簿的堆里溜出来的学校教员，专等冬季里开栈收租的中年田主、少年田主，还有诸如此类的一些人，都是那几个曲社里的社员。北平并不属于吴方言区域，可是听说也有曲社，又有私家聘请了教师学习的，在太太们，能唱几句昆曲算是一种时髦。除了这些"爱美的"唱曲家偶尔登台串演以外，职业的演唱家只有一个班子，这是唯一的班子了，就是上海"大千世界"的"仙霓社"。逢到星期日，没有什么事来逼迫，我也偶尔跑去看他们演唱，消磨一个下午。

　　演唱昆曲是厅堂里的事。地上铺一方红地毯，就算是剧中的境界；唱的时候，笛子是主要的乐器，声音当然不会怎么响，但是在一个厅堂里，也就各处听得见了。搬上旧式的戏台去，即使在一个并小宽广的戏院子里，就不及平剧那样容易叫全体观众听清。如果搬上新式的舞台去，那简直没法听，大概坐在第五六排的人就只看见演员拂袖按鬓了。我不曾做过考据功夫，不知道什么时候开始有演唱昆曲的戏院子。从一些零星的记载看来，似乎明朝时候只有绅富家里养着私家的戏班子。《桃花扇》里有陈定生一班文人向阮大铖借戏班子，要到鸡鸣埭上去吃酒，看他的《燕子笺》，也可以见得当时的戏不过是几十个人看看罢了。我十几岁的时候，苏州城外有演唱平剧的戏院子两三家，演唱昆曲的戏院子是不常有的，偶尔开设起来，开锣不久，往往因为生意清淡就停闭了。

昆曲彻头彻尾是士大夫阶级的娱乐品，宴饮的当儿，叫养着的戏班子出来演几出，自然是满写意的。而那些戏本子虽然也有幽期密约，盗劫篡夺，但是总要归结到教忠教孝，劝贞劝节，神佛有灵，人力微薄，这就除了供给娱乐以外，对于士大夫阶级也尽了相当的使命。就文词而言，据内行家说，多用词藻故实是不算希奇的，要像元曲那样亦文亦话才是本色。但是，即使像了元曲，又何尝能够句句像口语一样听进耳朵就明白？再说，昆曲的调子有非常迂缓的，一个字延长到十几拍，那就无论如何讲究辨音，讲究发声跟收声，听的人总之难以听清楚那是什么字了。所以，听昆曲先得记熟曲文；自然，能够通晓曲文里的故实跟词藻那就尤其有味。这又岂是士大夫阶级以外的人所能办到的？当初编撰戏本子的人原来不曾为大众设想，他们只就自己的天地里选一些材料，编成悲欢离合的故事，借此娱乐自己，教训同辈，或者发发牢骚。谁如果说昆曲太不顾到大众，谁就是认错了题目。

昆曲的串演，歌舞并重。舞的部分就是身体的各种动作跟姿势，唱到哪个字，眼睛应该看哪里，手应该怎样，脚应该怎样，都由老师傅传授下来，世代遵守着。动作跟姿势大概重在对称，向左方做了这么一个舞态，接下来就向右方也做这么一个舞态，意思是使台下的看客得到同等的观赏。譬如《牡丹亭》里的《游园》一出，杜丽娘小姐跟春香丫头就是一对舞伴，从闺中晓妆起，直到游罢回家止，没有一刻不是带唱带舞的，而且没有一刻不是两人互相对称的。这一点似乎比较平剧跟汉调来得高明。前年看见过一本《国剧身段谱》，详记平剧里各种角色的各种姿势，实在繁复非凡；可是我们去看平剧，就觉得演员很少有动作，如《李陵碑》里的杨老令公，直站在台上尽唱，两手插在袍甲里，偶尔伸出来挥动一下罢了。昆曲虽然注重动作跟姿势，也要演员能够体会才好，如果不知道所以然，只是死守着祖传来表演，那就跟木偶戏差不多。

昆曲跟平剧在本质上没有多大差别，然而后者比较适合于市民，而士大夫阶级已无法挽救他们的没落，昆曲恐将不免于淘汰。这跟麻将代替了围棋，豁拳代替了酒令，是同样的情形。虽然有曲社里的人在那里传习，然而可怜得很，有些人连曲文都解不通，字音都念不准，自以为风雅，实际上却是薛蟠那样的哼哼，活受罪，等到一个时会到来，他们再没有哼哼的余闲，昆曲岂不将就此"绝响"？这也没有什么可惜，昆曲原不过是士大夫阶级的娱乐品罢了。

有人说，还有大学文科里的"曲学"一门在。大学文科分门这样细，有了诗，还有词，有了词，还有曲，有了曲，还有散曲跟剧曲，有了剧曲，还有元曲研究跟传奇研究，我只有钦佩赞叹，别无话说。如果真是研究，把曲这样东西看作文学史里的一宗材料，还它个本来面目，那自然是正当的事。但是人的癖性往往会因为亲近了某种东西，生出特别的爱好心情来，以为天下之道尽在于此。这样，就离开"研究"二字不止十里八里了。我又听说某一所大学里的"曲学"一门功课，教授先生在教室里简直就教唱昆曲，教台旁边坐着笛师，笛声嘘嘘地吹起来，教授先生跟学生就一同嗳嗳嗳……地唱起来。告诉我的那位先生说这太不成话了，言下颇有点愤慨。我说,那位教授先生大概还没有知道,"仙霓社"的台柱子,有名的巾生顾传玠,因为唱昆曲没前途,从前年起丢掉本行,进某大学当学生去了。

这一回又是望道先生出的题目。真是漫谈,对于昆曲一点儿也没有说出中肯的话。

天井里的种植

搬到上海来十多年，一直住的弄堂房子。弄堂房子，内地人也许不明白是什么式样。那是各所一律的：前墙通连，隔墙公用；若干所房子成为一排；前后两排间的通路就叫作"弄堂"；若干条弄堂合起来总称什么里什么坊，表示那是某一个房主的房产。每一所房子开门进去是个小天井。天井，也许又有人不明白是什么。天井就是庭院；弄堂房子的庭院可真浅，只须三四步就跨过了，横里等于一所房子的阔，也不过五六步光景，如果从空中望下来，一定会觉得那个"井"字怪适当的。天井跨进去就是正间。正间背后横生着扶梯，通到楼上的正间以及后面的亭子间。因为房子并不宽，横生的扶梯够不到楼上的正间，碰到墙，拐弯向前去，又是四五级，那才是楼板。到亭子间可不用跨这四五级，所以亭子间比楼正间低。亭子间的下层是灶间；上层是晒台，从楼正间另一旁的扶梯走上去。近年来常常在文人笔下出现的亭子间就是这么局促闷损的居室。然而弄堂房子的结构确乎值得佩服；俗语说，"麻雀虽小，五脏俱全"，弄堂房子就合着这样经济的条件。

住弄堂房子，非但栽不成深林丛树，就是几棵花草也没法种，因为天井里完全铺着水门汀。你要看花草只有种在花盆里。盆里的泥往往是反复地种过了几种东西的，一些养料早被用完，又没处去取肥美的泥土来加入；所以长出叶子来开出花朵来大都瘦小可怜。有些人家嫌自己动手麻烦，又正有余多的钱足以对付小小的奢侈的开支，就与花园约定，每个月送两回或者三回盆景来；这样，家里就长年有及时的花草，过了时的自有花匠带回去，真是毫不费事。然而这等人家的趣味大都在于不缺少照例应有的点缀，自己的生活跟花草的生活却并没有多大干系；只要看花匠带回去的，不是干枯了的叶子，就是折断了的枝干，可见我这话没有冤枉了他们。再有些人家从小菜场买一些折枝截茎的花草，拿回来就插在花瓶里，不像日本人那样讲究什么"花道"，插成"乱柴把"或者"喜鹊窠"都不在乎；直到枯萎了，拔起来向垃圾桶一扔，就此完事。这除了"我家也有一点儿花草"以外，实在很少意味。

我们乐于亲近植物，趣味并不完全在于看花。一条枝条伸出来，一张叶子展开来，你如果耐着性儿看，随时有新的色泽跟姿态勾引你的欢喜。到了秋天冬天，吹来几阵西风北风，树叶毫不留恋地掉将下来；这似乎最乏味了。然而你留心看时，就会发现枝条上旧时生着叶柄的处所，有很细小的一粒透露出来，那就是来春新枝条的萌芽。春天的到来是可以预计的，所以你对着没有叶子的枝条也不至于感到寂寞，你有来春看新绿的希望。这固然不值一班珍赏家的一笑，在他们，树一定要搜求佳种，花一定要能够入谱，寻常的种类跟谱外的货色就不屑一看；但是，果真能从花草方面得到真实的享受，做一个非珍赏家的"外行"又有什么关系。然而买一点折枝截茎的花草来插在花瓶里，那是无法得到这种享受的；叫花匠每个月送几回盆景来也不行，因为时间太短促，你不能读遍一种植物的生活史；自己动手弄盆栽当然比较好，可是植物入了盆犹如鸟进了笼，无论如何总显得拘束，滞钝，跟原来不一样。推究到底，只有把植物种在泥地里最好。可是哪来泥地呢？弄堂房子的天井里有的是坚硬的水门汀！

把水门汀去掉；我时时这样想，并且告诉别人。关切我的人就提出了驳议。有两说：又不是自己的房产，给点缀花木犯不着，这是一说；谁知道这所房子住多少日子，何必种了花木让别人看，这是又一说。前者着眼在经济；后者只怕徒劳而得不到报酬。这种见识虽然不能叫我信服，可是究属好意；我对他们都致了谢。然而也并没有立刻动手。直到三年前的冬季，才真个把天井里的水门汀的两边凿去，只留当中一道，作为通路。水门汀下面满是砖砾，烦一个工人用了独轮车替我运出去。他就从不很近的田野里载回来泥土，倒在凿开的地方。来回四五趟，泥土与留着的水门汀平了。于是我买一些植物来种下，计蔷薇两棵，紫藤两棵，红梅一棵，芍药根一个。蔷薇跟紫藤都落了叶，但是生着叶柄的处所，萌芽的小粒已经透出来了；红梅满缀着花蕾，有几个已经展开了一两瓣；芍药根生着嫩红的新芽，像一个个笔尖，尤其可爱。我希望它们发育得壮健些，特地从江湾买来一片豆饼，融化了，分配在各棵的根旁边；又听说芍药更需要肥料，先在安根处所的下边埋了一条猪的大肠。

不到两个月，"一·二八"战役起来了。停战以后，我回去捡残余的东西。天井完全给碎砖断板掩没了。只红梅的几条枝条伸出来，还留着几个干枯的花萼；新叶全不见，大概是没命了。当时心里充满着种种的愤恨，一瞥过后，就不再想到花呀草呀的事。后来回想起来，才觉得这回的种植真是多此一举。既没有点缀人家的房产，也没有让别人看到什么，除了那棵红梅总算看见它半开以外，一点儿效果都没有得到，这才是确切的"犯不着"。然而当初提出驳议的人并不曾想到这一层。

去年秋季，我又搬家了。经朋友指点，来看这所房子，才进里门，我就中了意，因为每所房子的天井都留着泥地，再不用你费事，只一条过路涂的水门汀。搬了进来之后，我就打算种点儿东西。一个卖花的由朋友介绍过来了。我说要一棵垂柳，大约齐楼上的栏杆那么高。他说有，下礼拜早上送来。到了那礼拜天，一家人似乎有一位客人将要到来，都起得很早。但是，报纸送来了，到小菜场去买菜的回来了，垂柳却没有消息。那卖花的"放生"了吧，不免感到失望。忽然，"树来了！树来了！"在弄堂里赛跑的孩子叫将起来。三个人扛着一棵绿叶蓬蓬的树，在门首停下；不待竖直，就认知这是柳树而并不是垂柳。为什么不送一棵垂柳来呢？种活来得难哩，价钱贵得多哩，他们说出好些理由。不垂又有什么关系，具有生意跟韵致是一样的。就叫他们给我种在门侧；正是齐楼上的栏杆那么高。问多少价钱，两块四，我照给了。人家都说太贵，若在乡下，这样一棵柳树值不到两毛钱。我可不这么想。三个人的劳力，从江湾跑了十多里路来到我这里，并且带来一棵绿叶蓬蓬的柳树，还不值这点儿钱吗？就是普通的商品，譬如四毛钱买一双袜子，一块钱买三罐香烟，如果撇开了资本吸收利润这一点来说，付出的代价跟取得的享受总有些抵不过似的，因为每样物品都是最可贵的劳力的化身，而付出的代价怎样来的，未必每个人没有问题。

柳树离开了土地一些时，种下去过了三四天，叶子转黄，都软软地倒垂了；但枝条还是绿的。半个月后就是小春天气，接连十几天的暖和，枝条上透出许多嫩芽来；这尤其叫人放心。现在吹过了几阵西风，节令已交小寒，这些嫩芽枯萎了。然而清明时节必将有一树新绿是无疑的。到了夏天，繁密的柳叶正好代替凉棚，遮护这小小的天井：那又合于家庭经济原理了。

柳树以外我又在天井里种了一棵夹竹桃，一棵绿梅，一条紫藤，一丛蔷薇，一个芍药根，以及叫不出名字来的两棵灌木；又有一棵小刺柏，是从前住在这里的人家留下来的。天井小，而我偏贪多；这几种东西长大起来，必须彼此都不舒服。我说笑话，我安排下一个"物竞"的场所，任它们去争取"天择"吧。那棵绿梅花蕾很多，明后天有两三朵要开了。

近来得到的几种赠品

　　两个月前，接到厦门寄来一封信。拆开来看，是不相识的广洽和尚写的；附带赠给我一张弘一法师最近的相片。信上说我曾经写过那篇《两法师》，一定乐于得到弘一法师的相片。料知人家欢喜什么，就让人家享有那种欢喜，遥远的阻隔不管，彼此还没相识也不管！这种情谊是非常可感的。我立刻写信回答广洽和尚；说是谢，太浮俗了，我表示了永远感激的意思。

　　相片是六寸的，并非"艺术照相"，布局也平常，跟身旁放着茶几，茶几上供着花盆茶盅的那些相片差不多。寺院的石墙作为背景，正受阳光，显得很亮；靠左一个石库门，门开着，画面就有了乌黑的长方形。地上铺着石板，平，干净。近墙种一棵树，比石库门高一点儿，平行脉叶很阔大，不知道是什么；根旁用低低的石栏围成四方形，栏内透出些兰草似的东西。一张半桌放在树前面，铺着桌布；陈设的是两叠经典，一个装着画佛的镜框子，还有一个花瓶，瓶里插着菊科的小花。这真所谓一副拍照的架子；依弘一法师的艺术眼光看来，也许会嫌得太呆板了。然而他对不论什么都欢喜满足，人家给他这样布置了请他坐下来的时候，他大概连连地说"好的，好的"吧。他端坐在半桌的左边；披着袈裟，折痕很明显；右手露出在袖外，拈着佛珠；脚上还是穿着行脚僧的那种布缕扭成的鞋。他现在不留胡须了，嘴略微右歪，眼睛细小，两条眉毛距离得很远；比较前几年，他显得老了，可是他的微笑里透露出更多的慈祥。相片上题着十个字："甲戌九月居晋水兰若造"，是他的亲笔；照相师给印在前方垂下来的桌布上，颇难看。然而我想，他看见的时候，大概也是连连地说"好的，好的"吧。

收到了照片以后不多几天，弘一法师托人带来两个瓷碟子，送给丐尊先生跟我。郑重地封裹着，一张纸里面又是一张纸；纸面写上嘱咐的话，请带来的人不要重压。贴着碟子有个字条子："泉州土产瓷碟二个，绘画美丽，堪与和兰瓷媲美，以奉丐尊圣陶二居士清赏。一音。"书法极随便，不像他写经语佛号的字幅那样谨严，然而没有一笔败笔，通体秀美可爱。

瓷碟子的直径大约三寸，土质并不怎样好，涂上了釉，白里泛点儿青，跟上海缸甏店里出卖的最便宜的碗碟差不多。中心画着折枝；三簇叶子像竹叶，另外几簇却又像蔷薇；花三朵，都只有阔大的五六瓣，说不来像什么；一只鸟把半朵花掩没了，全身轮廓作半月形，翅膀跟脚都没有画。叶子着的淡绿；花跟鸟头，淡硃；鸟身和鸟眼是几乎辨不清的淡黄。从笔姿跟着色看，很像小学生的美术课成绩。和兰瓷是怎样的，我没有见过；只觉得这碟子比那些金边的画着工细的山水人物的可爱。可爱在哪里，贪图省力的回答自然只消说"古拙"二字；要说得精到些，恐怕还有旁的道理呢。

前面说起照片，现在再来记述一张照片。贺昌群先生游罗华山，寄给我一张十二寸的放大片。前几年他在上海，亲手照的相我见过好些，这一张该是他的"得意之作"了。

这一张是直幅，左边峭壁，右边白云，把画面斜分成两半。一条栈道从左下角伸出来，那是在山壁上凿成的仅能通过一个人的窄路；靠右歪斜地立着木栏杆，有几个人扶着木栏杆向上走。路一转往左，就只见深黑的一道裂缝；直到将近左上角，给略微突出的石壁遮没了。后面的石壁有三四处极大的凹陷，都深黑，使人想那些也许是古怪的洞穴。所有的石壁完全赤裸裸的，只后面的石壁的上部挺立着一丛柏树：枝条横生，疏疏落落地点缀着细叶，类似"国画"的笔法。右边半幅白云微微显出浓淡；右上角还有两搭极淡的山顶，这就不嫌寂寞，勾引人悠远的想象。——这里叫作长空栈，是华山有名的险峻处所。

最近接到金叶女士封寄的两颗红豆。附信大意说，家乡寄来一些红豆，同学看见了，一抢而光。这两颗还是偷偷地藏起来的，因为好玩，就寄给我。过一些时，还要变得鲜艳呢。从小读"红豆生南国"的诗，就知道"红豆"这个名称，可是没有见过实物。现在金叶女士使我长些见识，自然欢喜。

红豆作扁荷包形，跟大豆蚕豆绝不相像。皮砾红色，光泽；每面有不规则形的几搭略微显得淡些。一条洁白的脐生在荷包开口的部分，像小孩的指甲。红豆向来被称为树，而有这生在荚内的果实，大概是紫藤一般的藤本。豆粒很坚硬，听说可以久藏。如果拿来镶戒指，倒是别有意趣的。

这里记述了近来得到的几种赠品。比起名画跟古董来，这些东西尤其可贵，因为这些东西浸渍着深厚的情谊。

过　节

　　逢到节令，我们遵照老例祭祖先。苏州人把祭祖先特称为"过节"。别地方人买一些酒菜，大家在节日吃喝一顿，叫作"过节"；苏州人对于这两个字似乎没有这样用法。

　　过节以前，母亲早已把纸锭折好了。纸锭的原料是锡箔，是绍兴地方的特产。前几年我到绍兴，在一个土山上小立，只听得密集的市屋间传出达达的声音，互相应答，就是在那里打锡箔。

　　我家过节共有三桌。上海弄堂房子地位狭窄，三桌没法同时祭，只得先来两桌，再来一桌。方桌子仅有一只，只得用小圆桌凑数。本来是三面设坐位的，因为椅子不够，就改为只设一面。杯筷碗碟拿不出整齐的全套，就取杂色的来应用。蜡盏弯了头。香炉里香灰都没有，只好把三支香搁在炉口就算。总之，一切都马虎得很。好在母亲并不拘于成规，对于这一切马虎不曾表示过不满。但是我知道，如果就此废止过节，一定会引起她的不快。所以我从没有说起废止过节。

　　供了香，斟了酒，接着就是拜跪。平时太少运动了，才过四十岁，膝关节已经硬化，跪下去只觉得僵僵的，此外别无所思。在满坐的祖先中间，记忆得最真切的是父亲与叔父，因为他们过世最后。

但是我不能想象他们与十几位祖先挤坐在两把椅子上举杯喝酒举筷吃菜的情状。又有一个十一岁上过世的妹妹，今年该三十八了，母亲每次给她特设一盘水果，我也不能想象她剥橘皮吐桃核的情状。

从前父亲、叔父在日，他们的拜跪就不相同。容貌显得很肃穆，一跪三叩之后，又轻轻叩头至数十回，好像在那里默祷，然后站起来，恭敬地离开拜位。所谓"祭如在"，"临事而敬"，他们是从小就成为习惯了的。新教育的推行与时代的转变把古传的精灵信仰打破，把儒家的报本返始的观念看得并没有什么了不起，于是"如在"既"如"不起来，"临事"自不能装模作样地虚"敬"，只成为一种毫无意义的例行故事：这原是必然的。

几个孩子有时跟着我拜，有时说不高兴拜，也就让他们去。焚化纸锭却是他们欢喜干的事，在一个搪瓷面盆里慢慢地把纸锭加进去，看它们给火焰吞食，一会儿变成白色的灰烬，仿佛有冬天拨弄炭火盆那种情味。孩子们所知道的过节，第一自然是吃饭时有较好较多的菜；第二，这是家庭里的特种游戏，一年内总得表演几回的。至于祖先会扶老携幼到来，分着左昭右穆坐定，吃喝一顿之后，又带着钱钞回去：这在孩子是没法想象的，好比我不能想象父亲、叔父会到来参加这家族的宴飨一样。从这一点想，虽然逢时过节，对于孩子大概不至于有害吧。

记游洞庭西山

　　四月二十三日，我从上海回苏州，王剑三兄要到苏州玩儿，和我同走。苏州实在很少可以玩儿的地方，有些地方他前一回到苏州已经去过了，我只陪他看了可园、沧浪亭、文庙、植园以及顾家的怡园，又在吴苑吃了茶，因为他要尝尝苏州的趣味。二十五日，我们就离开苏州，往太湖中的洞庭西山。

　　洞庭西山周围一百二十里，山峰重叠。我们的目的地是南面沿湖的石公山。最近看到报上的广告，石公山开了旅馆，我们才决定到那里去。如果没有旅馆，又没有住在山上的熟人，那就食宿都成问题，洞庭西山是去不成的。

　　上午八点，我们出胥门，到苏福路长途汽车站候车，苏福路从苏州到光福，是商办的，现在还没有全线通车，只能到木渎。八点三刻，汽车到站，开行半点钟就到了木渎，票价两毛。经过了市街，开往洞庭东山的裕商小汽轮正将开行，我们买西山镇夏乡的票，每张五毛。轮行半点钟出胥口，进太湖。以前在无锡鼋头渚，在邓尉还元阁，只是望望太湖罢了，现在可亲身在太湖的波面，左右看望，混黄的湖波似乎尽量在那里涨起来，远处水接着天，间或界着一线的远岸或是断断续续的远树。晴光照着远近的岛屿，淡蓝，深翠，嫩绿，色彩不一，眼界中就不觉得单调，寂寞。

十二点一刻到达西山镇夏乡，我们跟着一批西山人登岸。这里有码头，不像先前经过的站头，登岸得用船摆渡。码头上有人力车，我们不认识去石公山的路，就坐上人力车，每辆六毛。和车夫闲谈，才知道西山只有十辆人力车，一般人往来难得坐的。车在山径中前进，两旁尽是桑树茶树和果木，满眼的苍翠，不常遇见行人，真像到了世外。果木是柿、橘、梅、杨梅、枇杷。梅花开的时候，这里该比邓尉还要出色。杨梅干枝高大，屈伸有姿态，最多画意。下了几回车，翻过了几座不很高的岭，路就围在山腰间，我们差不多可以抚摩左边山坡上那些树木的顶枝。树木以外就是湖面，行到枝叶茂密的地方，湖面给遮没了，但是一会儿又露出来了。

十二点三刻，我们到了石公饭店。这是节烈祠的房子，五间带厢房，我们选定靠西的一间地板房，有三张床铺，价两元。节烈祠供奉全西山的节烈妇女，门前一座很大的石牌坊，密密麻麻刻着她们的姓氏。隔壁石公寺，石公山归该寺管领。除开一祠一寺，石公山再没有房屋，唯有树木和山石而已。这里的山石特别玲珑，从前人有评石三字诀叫作"皱，瘦，透"，用来品评这里的山石，大部分可以适用。人家园林中有了几块太湖石，游人就徘徊不忍去，这里却满山的太湖石，而且是生着根的，而且有高和宽都达几十丈的，真可以称大观了。

饭店里只有我们两个客，饭菜没有预备，仅能做一碗开阳蛋汤。一会儿茶房高兴地跑来说，从渔人手里买到了一尾鲫鱼，而且晚饭的菜也有了，一小篮活虾，一尾很大的鲫鱼。问可有酒，有的，本山自制，也叫竹叶青。打一斤来尝尝，味道很清，只嫌薄些。

吃罢午饭，我们出饭店，向左边走，大约百步，到夕光洞。洞中有倒挂的大石，俗名倒挂塔。洞左右壁上刻着明朝人王鏊所写的寿字，笔力雄健。再走百多步，石壁绵延很宽广，题着"联云幛"三个篆字。高头又有"缥缈云联"四字，清道光间人罗绮的手笔。从这里向下到岸滩，大石平铺，湖波激荡，发出汩汩的声音。对面青青的一带是洞庭东山，看来似乎不很远，但是相距十八里呢。这里叫作明月浦，月明的时候来这里坐坐，确是不错。我们照了相，回到山上，从所谓一线天的裂缝中爬到山顶。转向南往下走，到来鹤亭，下望节烈祠和石公寺的房屋，整齐，小巧，好像展览会中的建筑模型。再往下有翠屏轩。出石公寺向右，经过节烈祠门首，到归云洞。洞中供奉山石雕成的观音像，比人高两尺光景，气度很不坏，可惜装了金，看不出雕凿的手法。石公全山面积一百八十多亩，高七十多丈，不过一座小山罢了，可是山石好，树木多，就见得丘壑幽深，引人入胜。

　　回饭店休息了一会儿，我们雇一条渔船，看石公南岸的滩面。滩石下面都有空隙，波涛冲进去，作鸿洞的声响，大约和石钟山同一道理。渔人问还想到哪里去，我们指着南面的三山说，如果来得及回来，我们想到那边去。渔人于是张起风帆来。横风，船身向右侧，船舷下水声哗哗哗。不到四十分钟，就到了三山的岸滩。那里很少大石，全是磨洗得没了棱角的碎石片。据说山上很有些殷实的人家，他们备有枪械自卫，子弹埋在岸滩的芦苇丛中，临时取用，只他们自己有数。我们因为时光已晚，来不及到乡村里去，只在岸滩照了几张照片，就迎着落日回船。一个带着三弦的算命先生要往西山去，请求附载，我们答应了。这时候太阳已近地平线，黄水染上淡红，使人起苍茫之感。湖面渐渐升起烟雾，风力比先前有劲，也是横风，船身向左侧，船舷下水声哗哗哗，更见爽利。渔人没事，请算命先生给他的两个男孩子算命。听说两个都生了根，大的一个还有贵人星助命，渔人夫妻两个安慰地笑了。船到石公山，天已全黑。坐船共三小时，付钱一块二毛。饭店里特地为我们点了汽油灯，喝竹叶青，吃鲫鱼和虾仁，还有咸芥菜，味道和白马湖出品不相上下。九时熄灯就寝。听湖上波涛声，好似风过松林，不久就入梦。

二十六日早上六时起身。东南风很大，出门望湖面，皱而暗，随处涌起白浪花。吃过早餐，昨天约定的人力车来了，就离开饭店，食宿小账共计六块多钱。沿昨天来此的原路，我们向镇夏乡而去。淡淡的阳光渐渐透出来，风吹树木，满眼是舞动的新绿。路旁遇见采茶妇女，身上各挂一只篾篓，满盛采来的茶芽。据说这是今年第二回采摘，一年里头，不过采摘四五回罢了。在镇夏乡寄了信，走了多路，到林屋洞，洞口题"天下第九洞天"六个大字。据说这个洞像房屋那样有三进，第一进人可以直立，第二三进比较低，须得屈身而行。再往里去，直通到湖广。凡有山洞处，往往有类似的传说，当然不足凭信。再走四五里，到成金煤矿，遇见一个姓周的工头，峄县人，和剑三是大同乡，承他告诉我们煤矿的大概。这煤矿本来用土法开采，所出烟煤质地很好，运到近处去销售，每吨价六七块钱，比远来的煤便宜得多。现在这个矿归利民矿业公司经营，占地一万七千亩。目前正在开凿两口井，一口深十七丈，又一口深三十丈，彼此相通。一个月以后开凿成功，就可以用机器采煤了。他又说，西山上除开这里，矿产还很多呢。他四十三岁，和我同年，跑过许多地方，干了二十来年的煤矿，没上过矿业学校，全凭实际得来的经验。谈吐很爽直,见剑三是同乡,殷勤的情意流露在眉目间。剑三给他照了个相,让他站在他亲自开凿的井旁边。回到镇夏乡正十一点。付人力车价,每辆一块二毛半。在面馆吃了面,买了本山的碧螺春茶叶,上小茶楼喝了两杯茶,向附近的山径散步了一会儿,这才挨到午后两点半。裕商小汽轮靠着码头,我们冒着狂风钻进舱里,行到湖心,颠簸摇荡,仿佛在海洋里。全船的客人不由得闭目垂头,现出困乏的神态。

弘一法师的书法

弘一法师对于书法是用过苦功的。在夏丏尊先生那里，见到他许多习字的成绩，各体的碑帖他都临摹，写什么像什么。这大概由于他画过西洋画的缘故。西洋画的基本练习是木炭素描，一条线条，一笔烘托，都得和摆在面前的实物不差分毫。经过这样训练的手腕和眼力，运用起来自然能够十分准确，达到得心应手的境界。于是写什么像什么了。

艺术的事情大多始于摹仿，终于独创。不摹仿打不起根基，摹仿一辈子，就没有了自我，只好永远追随人家的脚后跟。但是不用着急，凭真诚的态度去摹仿的，自然而然会有蜕化的一天。从摹仿中蜕化出来，艺术就得到了新的生命——不傍门户，不落窠臼，就是所谓独创了。弘一法师近几年来的书法，可以说已经到了这般地步。可是我们不要忘记，他是用了多年的苦功，临摹各体的碑帖，而且是写什么像什么的。

弘一法师近几年来的书法，有人说近于晋人。但是，摹仿的哪一家呢？实在指说不出。我不懂书法，然而极喜欢他的字。若问他的字为什么使我喜欢，我只能直觉地回答，因为他蕴藉有味。就全幅看，好比一堂温良谦恭的君子人，不亢不卑，和颜悦色，在那里从容论道。就一个字看，疏处不嫌其疏，密处不嫌其密，只觉得每一笔都落在最适当的位置上，不容移动一丝一毫。再就一笔一画看，无不使人起充实之感，立体之感。有时候有点儿像小孩子所写的那样天真，但是一面是原始的，一面是成熟的，那分别又显然可见。总括以上的话，就是所谓蕴藉，毫不矜才使气，功夫在笔墨之外，所以越看越有味。

这样浅薄的话，方家或许要觉得好笑，可是我不能说我所不知道的话，只得暴露自己的浅薄了。

骑 马

我小时候，苏州地方还没有人力车，代步的是轿子和船。一些墙门人家的女眷，即便要去的地方就在本城，出门总要依靠这两种交通工具。男人呢，为了比较体面的庆吊应酬出门大都坐轿子，往城外乡间去上坟访友大都坐船，平时出门，好在至多不过三四条巷，那就走走罢了。

那时候已经通行了脚踏车，可是很少见。骑脚踏车的无非是教会里的外国人，以及到过上海得风气之先的时髦小伙子。偶然看见一个人骑着脚踏车在铺着小石块的路上经过，抖抖抖抖的似乎要把浑身的骨节都震得发酸，在几乎肩贴肩走着的两个人中间，只这么一闪就擦过去了：这使大家感到新奇，不免停了脚步回过头去望那好像只有一片的背影。

与脚踏车一样需要自己驾驭的，还有驴子和马。可是骑驴子和马，意义不纯在代步，把它当作玩意儿的居多。骑了驴子往玄妙观去吧，骑了马往虎丘去吧，并不为玄妙观和虎丘路远走不动，却在于借此题目尝一尝控纵驰骋的快乐。

一般人对于驴子和马，用两样的眼光来看待。驴子，那长耳朵的灰黑色的畜生，饲养它的只是借此为生的驴夫，一匹驴子又不值几个钱，所以大家不把它看作奢侈品。无论是谁，骑骑驴子，还不至于惹人非议。马，那昂然不群的畜生，可不同了，虽然多数的马也由马夫饲养，但是很有几个浮华的少爷名门的败家子也养着马，所以大家都把马看作要不得的奢侈品。谁如果骑着马在路上经过，有些相识的人就不免窃窃私议，某人堕落了，他竟骑起马来了。这种想法，在别的事例上也常常可见。从前我们地方一些规矩人都不爱穿广东的拷绸，因为拷绸是所谓"流氓"之类惯用的衣料。马既是浮华的少爷名门的败家子的玩意儿，规矩的有教养的人当然不应该骑：这好像是很周密的推理。

当时我们一班中学生可没有顾到这一层，一时高兴，竟兴起了骑马的风尚。原由是有一个同学在陆军小学待过一年，他会骑马，把骑马的趣味说得天花乱坠，大家听得痒痒的，都想亲自试一试。刚好学校近旁有一片兵营里的校场，校场东边是一条宽阔的道路，两旁栽着柳树，正是试马的好所在。马夫养马的草棚又正在校场的西北角，花一角钱，就可以去牵一匹出来，骑它一个钟头。于是你也去试骑，我也去试骑，最盛的时候竟有二十多人同时玩这宗新鲜玩意儿。

现在马背上大都用西式皮鞍子了，从前却用木鞍子。十三四岁的人，站在平地，头顶就高出木鞍子不多，要用两手按着鞍子，左脚踏在踏镫里，让身子顺势一耸跨上马背，这是一连串并不容易的动作。马好像知道骑马的人本领的高低似的，生手跨上去，它就歪着头只是将身子旋转，这又是很难制服的。这当儿，马夫和朋友的帮助自属必要了，拉缰绳的拉缰绳，托身子的托身子，一阵子的乱嚷嚷，生手居然坐上了鞍子。于是把缰绳接在手里，另一只手按着鞍子，再也不敢放松。那畜生如果是比较驯良的，以为一切都已停当，肯规规矩矩走这么几步，初学的人就心花怒放了。

但是这样按着鞍子骑马叫作"请判官头"，是最不漂亮的姿势。多骑了几回，自然想把手放松，不再去"请"那"判官头"。同时拉缰绳的一只手也要学着去测验马的"口劲"，试探马的脾气，准备在放松一点儿或是扣紧一点儿的几微之间操纵胯下的畜生。

通常以为骑马就是让屁股服服帖帖坐在鞍子上。其实不然，得在大腿里侧用劲，把马背夹住，屁股部分却是脱空的。如果不用腿劲，在马"跑开"的时候不免要倒翻下来，两只脚虽然踏在踏镫里，也没有多大用处。这腿劲自然要从锻炼得来。我骑了好几回马，腿劲未见增强多少，可是站到地上，坐到椅子上，只觉得两条腿和腰部都是僵僵的了。

让马走慢步，称为"骑老爷马"，最没有趣味。那是一步一拍的步调，马头一颠一颠的，与婚丧的仪仗中执事人员所骑的马一样。我们都不爱"骑老爷马"，至少得叫它"小走"。"小走"是较为急促的步调，说得过甚些，前后左右四个蹄几乎同时离地，也几乎同时着地。各匹马的脾气不同，有的须把缰绳放松，有的却须扣紧；有的须略一放松随即扣紧，有的却须向上一提，让它的头偏左或是偏右一点儿；只要摸着它的脾气，它就会了意，开始"小走"了。好的马四条腿虽然在急速地运动，身子可绝不转侧，总是很平稳地前进。骑到这样的马是一种愉快，挺着身躯，平稳地急速地向前，耳朵旁边响着飕飕的风，柳树的枝条拂着头顶和肩膀，于是仿佛觉得跑进了古人什么诗句的境界中了。

至于"跑开"，那又是另一种步调：前面两个蹄同时着地，随即

109

后面两个蹄离地移前，同时着地，接着前面两个蹄又同时跨出去了。这里所谓着地实在并不"着"，只能说是非常轻快地在地上"点"一下。在前面两个蹄点地和后面两个蹄点地之间，时间是极其短促的。这当儿，马身一高一低，约略成一条曲线前进。骑马的人一高一低地飞一般地向前，当然爽快不过，有凌云腾空的气概。但是腿劲如果差点儿，这种爽快很难尝试，尝试的时候不免要吃亏。

有一回，我就这样从马上摔了下来。那一天，我跟在那个进过陆军小学的同学的后面，在我背后还有好几匹马。起初是"小走"，忽然前面的那个同学把缰绳一扣，他的马开始"跑开"了。我的马立即也换了步调。我没有提防，大概马跑了两三步，我就往左侧里倒翻下来。后面的几匹马怎么一脚也不曾踩着我，我至今还不明白。当时如果有一个马蹄踩着我的脑壳或是胸膛，我的生命早在中学二年级时候结束了。

我摔了下来就不省人事，醒来的时候，很觉得奇怪，我是通学生，怎么睡在寄宿舍里的一张床上！又好像时间很晚了，已经吃过晚饭。其实还是上午十一点过后，我只昏迷了一点钟多一点儿。想了一会，才把刚才的事想起来。坐起来试试，居然没有什么痛苦，只觉得浑身软软的，像病后起身的光景。我赶紧跑回家，像平时一样吃午饭，绝不提摔跤的事——在外面骑马，我从来不曾在父母面前提起过。直到前几年，儿子在外面试着骑马，回来谈他的新经验，我才把那回摔跤的事说出来。母亲听了，微皱着眉头说："你不回来说，我们在家里哪里知道这种危险的事，还是不要去试的好。"她现在为孙儿担心了。

当时我们骑马，现在想起来，在教师该是桩讨厌的事儿。那时候学校比较放任，校长是一个自以为维新的人物，虽然不曾明白提倡骑马，对于其他运动却颇着力鼓励。七八匹马在学校墙边跑过，铃声蹄声闹成一片，他不会绝不知道。他为什么不禁止呢？大概以为这也是一项运动，不妨任学生去练习吧。但是多数教师却受累了。他们有一般人的偏见，以为骑马是不端的行为，眼睁睁地看学生骑着马在旁边跑过，总似乎有失体统。于是有故意低着头走过去，假作不知道马背上是什么人的，也有远远望见学生的马队在前面跑来，立刻回身，或者转向从别一条路走去的。他们一定在怨恨学生，为什么不肯体谅教师，离开学校远一点儿去练习你们的骑术呢！

乐山被炸

日本飞机轰炸乐山的那一天，我在成都。成都也发了警报，我和徐中舒兄出了新西门，在田岸上走，为了让一个老婆子，我的右脚踹到稻田里去了，鞋袜都沾满了泥浆。一会儿我们的飞机起飞了，两架一起，三架一起，有的径往东南飞去，有的在晴朗的空中打圈子，也数不清起飞了多少架，只觉得飞机声把浓绿的大平原笼罩住了。田岸上的人一路走，时常抬起头来眯着眼望天空，待望见了一个银灰色的颗粒，感慰的兴奋的神色就浮上了脸，仿佛说，我们准备好了，你们来吧！

我们在一条溪沟旁边的竹林里坐了一点钟光景，又在中舒兄的朋友的草屋里歇了将近两点钟，并且吃了午饭，警报解除了，日本飞机没有来。哪知道就在这一段时间里，我们寄居的乐山城毁了大半，有两千以上的人丧失了生命。我的寓所也毁了，从书籍衣服到筷子碗盏，都烧成了灰；我的一家人慌忙逃难，从已经烧着了的屋子里，从静寂得不见一个人只见倒地的死尸的小巷子里，从日本飞机的机枪扫射之下，赶到了岷江边，渡过了江，沿着岸滩向北跑，一直跑了六七里路，又渡过江来到昌群兄家里，这才坐定下来喘一口气。

112

我和徐中舒兄回进城里，听到传说很多，泸州被炸了，自流井被炸了，提到的地方总有八九处。到了四点半的时候，知道被炸的是乐山。消息从防空机关里传出来，而且派去察看的飞机已经回来了，全城毁了四分之三，火还没有扑灭呢。那是千真万确的了，多数人以为该不至于被炸的乐山，竟然被炸了。

　　为什么要轰炸乐山呢？乐山有唐朝时候雕凿的大佛，有相传是蛮子所居实在是汉朝人的墓穴的许多蛮洞，有凌云、乌尤两个古寺，有武汉大学，有将近十万居民，这些难道是轰炸的目标吗？打仗本来没有什么公定的规则，所谓不轰炸不设防城市，乃是从战斗的道德观念演绎出来的。光明的勇敢的战斗员都有这种道德观念。彼此准备停当了，你一拳来，我一脚去，实力比较来得的一方打倒了对方，那才是光荣的胜利。如果乘对方的不防备，突然冲过去对准要害就来个冷拳，那么即使把对方打得半死，得到的也只是耻辱而不是胜利，因为这个人违背了战斗的道德。多数住在乐山的人以为乐山该不至于被炸，一半就由于料想日本军人也有这种道德观念。他们似乎忘却了几乎每天的报纸都记载着的事例，要是不忘记那些事例，日本军人并没有这种道德观念是显然的。他们存着极端不真切的料想，又把自己的身家性命作为赌注，果然，他们输了。我是他们中间的一个，我也输了。

　　那一夜差不多没有阖眼。想我的寓所在岷江和大渡河合流的尖嘴上，那是日本飞机最先飞过的地方，决不会不被炸；想我家每次听见了警报总是守在寓里，不过江，也不往山野里跑，这回一定也是这样，那就不堪设想了；想日本飞机每次来轰炸，就有多少人死了父母，伤了妻子，人家的人都可以牺牲，我家的人哪有特别不应该牺牲的理由？但是，只要家里有一个人断了一条臂或者折了一条腿，那就是全家人永久的痛苦。如果情形比断一条臂折一条腿还要严重呢？如果不只是一个人而是几个人呢？如果老小六口都烧成了焦炭呢？我要排除那些可怕的想头，故意听窗外的秋虫声，分辨音调和音色的不同，可是没有用，分辨不到一分钟，虫声模糊了，那些可怕的想头又钻进心里来了。

第二天上午八点钟，一辆小汽车载着五个归心如箭的人开行了。沿路的景物，没有心绪看；公路上的石子弹起来，打着车底的钢板当当发响，也不再嫌它讨厌了；大家数着路旁的里程标，"走了几公里了，剩下几公里了"，这样屡次地说着。那些里程标好像搬动过了，往常的一公里似乎没有那么长。

总算把一百六十多个里程标数完了。从乱哄哄的人丛中，汽车开进了嘉乐门，心头深切地体验到"近乡情更怯，不敢问来人"的况味。忽然有人叫我，向我招手。定神看时，见是吴安真女士，"怎么样？"我慌张地问。

"你们一家人都好的，在贺昌群先生家里了。"听了这个话，我又深切地体验到"疑是梦里"并不是夸饰的修辞。

跑到昌群兄家里，见着老母以下六口，没有一个人流了一滴血，擦破了一处皮肤，那是我们的万幸。他们告诉我寓中一切都烧了；那是早在意料之中的事，我并不感到激动。他们告诉我逃难时候那种慌急狼狈的情形；我很懊悔到了成都去，没有同他们共尝这一份惶恐和辛苦。他们告诉我从火场中检出来的死尸将近上千了；那些人和我们一样，牺牲的机会在冥冥之中等候着，他们不幸竟碰上了，那比较听到一个朋友或是亲戚寻常病死的消息，我觉得难受得多。

114

最后，他们告诉我在日本飞机还没飞走的时候，武大和技专的同学出动了，拆卸正在燃烧的房子，扛抬受了伤的人和断了气的尸体，真有奋不顾身的气概；听到这个话，我激动得流了泪。在成都听人说起那一回成都被炸，中央军校的全体同学立刻出动，努力救火救人，我也激动得流了泪。那是教育奏效的凭证，那是青年有为的凭证。把这种舍己为群的精神推广开来，什么事情做不成呢。

被炸以后的两个月中间，我家都忙着置备一切器物。新的寓所租定了，在城外一座小山下，就搬了进去。粗陶碗，毛竹筷子，一样可以吃饭；土布衣衫穿在身上，也没有什么不舒服；三间面对田野的矮屋，比以前多了好些阳光和清新空气。轰炸改变了我的什么呢？到现在事隔半年了，在曾经是闹市区的瓦砾堆上，又筑起了白木土墙的房屋，各种店铺都开出来了。和被炸的别处地方以及沦为战区的各地一样，还是没有一个人显得颓唐，怨恨到抗战的国策；这是说给日本军人听也不会相信的。

如果我当教师

　　我现在不当教师。如果我当教师的话，在"教师节"的今日，我想把以下的话告诉自己，策励自己，这无非"以后种种譬如今日生"的意思。以前种种是过去了，追不回来了；惭愧是徒然，悔恨也无补于事；让它过去吧，像一个不愉快的噩梦一个样。

　　我如果当小学教师，决不将投到学校里来的儿童认作讨厌的小家伙、惹人心烦的小魔王；无论聪明的、愚蠢的、干净的、肮脏的，我都要称他们为"小朋友"。那不是假意殷勤，仅仅浮在嘴唇边，油腔滑调地喊一声；而是出于衷诚，真心认他们做朋友，真心要他们做朋友的亲切表示。小朋友的成长和进步是我的欢快；小朋友的羸弱和拙钝是我的忧虑。有了欢快，我将永远保持它；有了忧虑，我将设法消除它。对朋友的忠诚，本该如此；不然，我就够不上做他们的朋友，我只好辞职。

　　我将特别注意，养成小朋友的好习惯。我想"教育"这个词儿，往精深的方面说，一些专家可以写成巨大的著作，可是就粗浅方面说，"养成好习惯"一句话也就说明了它的含义。无论怎样好的行为，如果只表演一两回，而不能终身以之，那是扮戏；无论怎样有价值的知识，如果只挂在口头说说，而不能彻底消化，举一反三，

116

那是语言的游戏；都必须化为习惯，才可以一辈子受用。养成小朋友的好习惯，我将从最细微最切近的事物入手，但硬是要养成，绝不马虎了事。譬如门窗的开关，我要教他们轻轻地，"砰"的一声固然要不得，足以扰动人家的心思的"咿呀"声也不宜发出；直到他们随时随地开关门窗总是轻轻地，才认为一种好习惯养成了。又如蔬菜的种植，我要教他们经心着意地做，根入土要多少深，两棵之间的距离要多少宽，灌溉该怎样调节，害虫该怎样防治，这些都得由知识化为实践；直到他们随时随地种植植物，总是这样经心着意，才认为又养成了一种好习惯。这样的好习惯不仅对于某事物本身是好习惯，更可以推到其他事物方面去。对于开门关窗那样细微的事，尚且不愿意扰动人家的心思，还肯作奸犯科，干那些扰动社会安宁的事吗？对于种植蔬菜那样切近的事，既因功夫到家，收到成效，对于其他切近生活的事，抽象的如自然原理的认识，具体的如社会现象的剖析，还肯节省功夫，贪图省事，让它马虎过去吗？

我当然要教小朋友识字读书，可是我不把教识字教读书认作终极的目的。我要从这方面养成小朋友语言的好习惯。有一派心理学者说，思想是不出声的语言，所以语言的好习惯也就是思想的好习惯。一个词儿，不但使他们知道怎么念，怎么写，更要使他们知道它的含义和限度，该怎样使用它才得当。一句句子，不但使他们知道怎么说，怎么讲，更要使他们知道它的语气和情调，该用在什么场合才合适。一篇故事，不但使他们明白说的什么，更要借此发展他们的意识。一首诗歌，不但使他们明白咏的什么，更要借此培养他们的情绪。教识字教读书只是手段，养成他们语言的好习惯，也就是思想的好习惯，才是终极的目的。

我决不教小朋友像和尚念经一样，把各科课文齐声合唱。这样唱的时候，完全失掉语言之自然，只成为发声部分的机械运动，与理解和感受很少关系。既然与理解和感受很少关系，那么，随口唱熟一些文句又有什么意义？

　　现当抗战时期，课本的供给很成问题，也许临到开学买不到一本课本，可是我决不说："没有课本，怎么能开学呢！"我相信课本是一种工具或凭借，但不是唯一的工具或凭借。许多功课都是不一定要利用课本的，也可以说，文字的课本以外还有非文字的课本，非文字的课本罗列在我们周围，随时可以取来利用。利用得适当，比较利用文字的课本更为有效，因为其间省略了一条文字的桥梁。公民、社会、自然、劳作，这些功课的非文字的课本，真是取之不尽，用之不竭，书铺子里没有课本卖，又有什么要紧？只有国语，是非有课本不可的，然而我有黑板和粉笔，小朋友还买得到纸和笔，也就没有什么关系。

　　小朋友顽皮的时候，或者做功课显得很愚笨的时候，我决不举起手来，在他们的身体上打一下。打了一下，那痛的感觉至多几分钟就消失了，就是打重了，使他们身体上起了红肿，隔一两天也就没有痕迹，这似乎没有多大关系。然而这一下不只是打了他们的身体，同时也打了他们的自尊心，身体上的痛或红肿，固然不久就会消失，而自尊心所受的损伤，却是永远不会磨灭的。我有什么权利损伤他们的自尊心呢？并且，当我打他们的时候，我的面目一定显得很难看，我的举动一定显得很粗暴，如果有一面镜子在前面，也许自己看了也会嫌得可厌。我是一个好好的人，又怎么能对着他们有这种可厌的表现呢？一有这种可厌的表现，以前的努力不是根本白费了吗？以后的努力不将不产生效果吗？这样想的时候，我的手再也举不起来了。他们的顽皮和愚笨，总有一个或多个的缘由，我根据我的经验，从观察和剖析中找出缘由，加以对症的治疗，哪还会有一个顽皮的愚笨的小朋友在我周围吗？这样想的时候，我即使感情冲动到怒不可遏的程度，也就立刻转到心平气和，再不想用打一下的手段来出气了。

我还要做小朋友家属的朋友，对他们的亲切和忠诚与对小朋友一般无二。小朋友在家庭里的时间，比在学校里来得多，我要养成他们的好习惯，必须与他们的家属取得一致才行。我要他们往东，家属却要他们往西，我教他们这样，家属却教他们不要这样，他们便将徘徊歧途，而我的心力也就白费了。做家属的亲切忠诚的朋友，我想并不难；拿出真心来，从行为、语言、态度上表现我要小朋友好，也就是要他们的子女弟妹好。谁不爱自己的子女弟妹，还肯故意与我不一致？

我如果当中学教师，决不将我的行业叫作"教书"，犹如我决不将学生入学校的事情叫作"读书"一个样。书中积蓄着古人和今人的经验，固然是学生所需要的，但是就学生方面说，重要的在于消化那些经验成为自身的经验，说成"读书"，便把这个意思抹杀了，好像入学校只须做一些书本上的功夫。因此，说成"教书"，也便把我当教师的意义抹杀了，好像我与从前书房里的老先生并没有什么分别。我与从前书房里的老先生其实是大有分别的：他们只须教学生把书读通，能够去应考试，取功名，此外没有他们的事儿；而我呢，却要使学生能做人，能做事，成为健全的公民。这里我不敢用一个"教"字。因为用了"教"字，便表示我有这么一套本领，双手授予学生的意思，而我的做人做事的本领，能够说已经完整无缺了吗？我能够肯定地说我就是一个标准的健全的公民吗？我比学生，不过年纪长一点儿，经验多一点儿罢了。他们要得到他们所需要的经验，我就凭年纪长一点儿、经验多一点儿的份儿，指示给他们一些方法，提供给他们一些实例，以免他们在迷茫之中摸索，或是走了许多冤枉道路才达到目的——不过如此而已。所以，若有人问我干什么，我的回答将是"帮助学生得到做人做事的经验"；我决不说"教书"。

我不想把"忠""孝""仁""爱"等抽象德目向学生的头脑里死灌。我认为这种办法毫无用处，与教授"蛋白质""脂肪"等名词不会使身体得到营养一个样。忠于国家、忠于朋友、忠于自己的人，他只是顺着习惯之自然，存于内心，发于外面，无不恰如分寸；他绝不想到德目中有个"忠"字，才这样存心，这样表现。进一步说，想到了"忠"字而行"忠"，那不一定是"至忠"，因为那是"有所为"，并不是听从良心的第一个命令。为了使学生存心和表现切合着某种德目，而且切合得纯任自然，毫不勉强，我的办法是在一件一件事情上，使学生养成好习惯。譬如举行扫除或筹备什么会之类，我自己奋力参加，同时使学生也要奋力参加；当社会上发生了什么问题的时候，我自己看作切身的事，竭知尽力地图谋最好的解决，同时使学生也要看作切身的事，竭知尽力地图谋最好的解决：在诸如此类的事情上，养成学生的好习惯，综合起来，他们便实做了"忠"字。为什么我要和他们一样地做呢？第一，我听从良心的第一个命令，本应当"忠"；第二，这样做才算是指示方法，提供实例，对于学生尽了帮助他们的责任。

我认为自己是与学生同样的人，我所过的是与学生同样的生活；凡希望学生去实践的，我自己一定实践；凡劝诫学生不要做的，我自己一定不做。譬如，我希望学生整洁、勤快，我一定把自己的仪容、服装、办事室、寝室弄得十分整洁，我处理各种公事、私事一定做得十分勤快；我希望学生出言必信，待人以诚，我每说一句话一定算一句话，我对学生和同事一定掬诚相示，毫不掩饰；我劝诫学生不要抽烟卷，我一定不抽烟卷，绝不说"你们抽不得，到了我们的年纪才不妨抽"的话；我劝诫学生不要破坏秩序，我一定不破坏秩序，决不做那营私结派、摩擦倾轧的勾当。为什么要如此？无非实做两句老话，叫作"有诸己而后求诸人，无诸己而后非诸人"。必须"有诸己""无诸己"，表示出愿望来，吐露出话语来，才有真气，才有力量；人家也易于受感动。如果不能"有诸己""无诸己"，表示和吐露的时候，自己先就赧赧然了，哪里有什么真气？哪里还有力量？人家看穿了你的矛盾，至多报答你一个会心的微笑罢了，哪里会受你的感动？无论学校里行不行导师制，无论我当不当导师，我都准备如此，因为我的名义是教师，凡负教师的名义的人，谁都有帮助学生的责任。

我不想教学生做有名无实的事情。设立学生自治会了，组织学艺研究社了，通过了章程，推举了职员，以后就别无下文，与没有那些会和社的时候一个样——这便是有名无实。创办图书馆了，经营种植园了，一阵高兴之后，图书馆里只有七零八落的几本书，一天工夫没有一两个读者，种植园里蔓草丛生，蛛网处处，找不到一棵像样的蔬菜，看不见一朵有劲的花朵——这便是有名无实。做这种有名无实的事比不做还要糟糕，如果学生习惯了，终其一生，无论做什么事总是这样有名无实，种种实际事务还有逐渐推进和圆满成功的希望吗？我说比不做还要糟糕，并不是抱着多一事不如少一事的心思，主张不要成立那些会和社，不要有图书馆、种植园之类的设备。我只是说干那些事都必须认真去干，必须名副其实。自治会硬是要"自治"，研究社硬是要"研究"，项目不妨简单，作业不妨浅易，但凡是提了出来的，必须样样实做，一毫也不放松；有了图书馆硬是要去阅读和参考，有了种植园硬是要去管理和灌溉，规模不妨狭小，门类不妨稀少，但是既然有了这种设备，必须切实利用，每一个机会都不放过。而且，那绝不是一时乘兴的事，既然已经干了起来，便须一直干下去，与学校同其寿命。如果这学期干得起劲，下学期却烟消云散了，今年名副其实，明年却徒有其名了，这从整段的过程说起来，还是个有名无实，还是不足以养成学生的好习惯。

我无论担任哪一门功课，自然要认清那门功课的目标，如国文科在训练思维，养成语言文字的好习惯；理化科在懂得自然，进而操纵自然之类。同时我不忘记各种功课有个总目标，那就是"教育"——造成健全的公民。每一种功课犹如车轮上的一根"辐"，许多的辐必须集中在"教育"的"轴"上，才能成为把国家民族推向前进的整个"轮子"。这个观念虽然近乎抽象，可是很关重要。有了这个观念，我才不会贪图省事，把功课教得太松太浅，或者过分要好，把功课教得太紧太深。做人做事原是不分科目的，譬如，一个学生是世代做庄稼的，他帮同父兄做庄稼，你说该属于公民科，生物科，还是数学科？又如，一个学生出外旅行，他接触了许多的人，访问了许多的古迹，游历了许多的山川城镇，你说该属于史地科，体育科，还是艺术科？学校里分科是由于不得已，要会开方小数，不能不懂得加减乘除，知道了唐朝，不能不知道唐朝的前后是什么朝代，由于这种不得已，才有分科教学的办法。可是，学生现在和将来做人做事，还是与前面所举的帮做庄稼和出外旅行一个样，是综合而不可分的；那么，我能只顾分科而不顾综合，只认清自己那门功课的目标而忘记了造成健全的公民这个总的目标吗？

我无论担任哪一门功课，决不专做讲解工作，从跑进教室始，直到下课铃响，只是念一句讲一句。我想，就是国文课，也得让学生自己试读试讲，求知文章的意义，揣摩文章的法则，因为他们一辈子要读书看报，必须单枪匹马，无所依傍才行，国文教师绝不能一辈子伴着他们，给他们讲解书报。国文教师的工作只是待他们自己尝试之后，领导他们共同讨论——他们如有错误，给他们纠正，他们如有遗漏，给他们补充，他们不能分析或综合，替他们分析或综合。这样，他们才像学步的幼孩一样，渐渐地能够自己走路，不需要人搀扶；国文课尚且如此，其他功课可想而知。教师捧着理化课本或史地课本，学生对着理化课本或史地课本，一边是念一句讲一句，一边是看一句听一句。这种情景，如果仔细想一想的话，多么滑稽又多么残酷啊！怎么说滑稽？因为这样之后，任何功课都变为国文课了，而且是教学不得其法的国文课。怎么说残酷？因为学生除了听讲以外再没有别的工作，这样听讲要连续到四五个钟头，实在是一种难受的刑罚。我说刑罚绝非夸张，试想我们在什么会场里听人演讲，演讲者的话如果无多意义，很少趣味，如果延长到两三个钟头，我们也要移动椅子，拖擦鞋底，作希望离座的表示。这由于听讲到底是被动的事情，被动的事情做得太久了，便不免有受刑罚似的感觉。在听得厌倦了而还是不能不听的时候，最自然的倾向是外貌表示在那里听，而心里并不在听。这当儿也许游心外骛，一心以为有鸿鹄将至，也许什么都不想，像老僧入了禅定。叫学生一味听讲，实际上无异于要他们游心外骛或者什么都不想，无异于摧残他们的心思活动的机能，岂不是残酷？

我不怕多费学生的心力，我要他们试读，试讲，试作探讨，试作实习，做许多的工作，比仅仅听讲多得多，我要教他们处于主动的地位。他们没有尝试过的事物，我决不滔滔汩汩地一口气讲给他们听，他们尝试过了，我才讲，可是我并不逐句逐句地讲书，我只给他们纠正，给他们补充，替他们分析和综合。

我如果当大学教师，还是不将我的行业叫作"教书"。依理说，大学生该比中学生更能够自己看书了，我或者自己编了讲义发给他们，或是采用商务印书馆的《大学丛书》或别的书给他们作课本，他们都可以逐章逐节地看下去，不待我教。如果我跑进教室去，按照讲义上课本上所说的复述一遍，直到下课铃响又跑出来，那在我是徒费口舌，在他们是徒费时间，太无聊了，我不想干那样无聊的勾当。我开一门课程，对于那门课程的整个系统或研究方法，至少要有一点儿是我自己的东西，依通常的说法就是所谓"心得"，我才敢于跑进教室去，向学生口讲手画，我不但把我的一点儿给予他们，还要诱导他们、帮助他们各自得到他们的一点儿。唯有如此，文化的总和才会越积越多，文化的质地才会今胜于古，明日超过今日。这就不是"教书"了。若有人问这叫什么，我的回答将是："帮助学生为学。"

据说以前的拳教师教授徒弟，往往藏过一手，不肯尽其所有地拿出来，其意在保持自己的优势，徒弟无论如何高明，总之比我少一手。我不想效学那种拳教师，绝不藏过我的一手。我的探讨走的什么途径，我的研究用的什么方法，我将把途径和方法在学生面前尽量公开。那途径即使是我自己开辟的，那方法即使是我独自发现的。我所以能够开辟和发现，也由于种种的"势"，因缘凑合，刚刚给我捉住了，我又有什么可以矜夸的？我又怎么能自以为独得之秘？我如果看见了冷僻的书或是收集了难得的材料，我决不讳莫如深，绝不提起，只是偷偷地写我的学术论文。别的人，包括学生在内，倘若得到了那些书或材料，写出学术论文来，不将和我一样的好，或许比我更好吗？将书或材料认为私有的东西，侥幸于自己的"有"，欣幸于别人的"没有"，这实在是一种卑劣心理。我的心理，自问还不至这么卑劣。

我不想用禁遏的办法，板起脸来对学生说，什么思想不许接触，什么书籍不许阅读。不许接触，偏要接触；不许阅读，偏要阅读，这是人之常情，尤其在青年。禁遏终于不能禁遏，何必多此一举？并且，大学里的功夫既是"为学"，既是"研究"，作为研究对象的材料是越多越好；如果排斥其中的一部分，岂不是舍广博而趋狭小？在化学试验室里，不排斥含有毒性的元素，明知它含有毒性，一样地要教学生加以分析，得到真切的认识。什么思想、什么书籍如果认为要不得的话，岂不也可以与含有毒性的元素一样看待，还是要加以研究？学生在研究之中锻炼他们的辨别力和判断力，从而得到结论，凡真是要不得的，他们必将会直指为要不得。这就不禁遏而自禁遏了，其效果比一味禁遏来得切实。

我要做学生的朋友，我要学生做我的朋友。凡是在我班上的学生，我至少要知道他们的性情和习惯，同时也要使他们知道我的性情和习惯。这与我的课程，假如是宋词研究或工程设计，似乎没有关系，可是谁能断言确实没有关系？我不仅在教室内与学生见面，当休闲的时候也要与他们接触，称心而谈，绝无矜饰，像会见一位知心的老朋友一个样。他们如果到我家里来，我绝不冷然地问："你们来做什么？"他们如果有什么疑问，问得深一点儿的时候，我绝不摇头说："你们要懂得这个还早呢！"问得浅一点儿的时候，我绝不带笑说："这还要问吗？我正要考你们呢！"他们听了"你们来做什么"的问话，自己想想说不出来做什么，以后就再也不来了。他们见到问得深也不好，问得浅也不好，不知道怎样问才不深不浅，刚刚合适，以后就再也不问了。这种拒人千里的语言态度，对于不相识的人也不应该有，何况对于最相亲的朋友？

我还是不忘记"教育"那个总目标。无论我教什么课程，如宋词研究或工程设计，绝不说除此之外再没有我的事儿了，我不妨纵情任意，或去嫖妓，或去赌博，或做其他不正当的事。我要勉为健全的公民，本来不该做这些事；我要勉为合格的大学教授，尤其不该做这些事。一个教宋词研究或工程设计的教师，他的行为如果不正当的话，其给予学生的影响虽是无形的，却是深刻的，我不能不估计它的深刻程度。我无法教学生一定要敬重我，因为敬重不敬重在学生方面而不在我的方面，可是我总得在课程方面同时在行为方面，尽力取得他们的敬重，因为我是他们的教师。取得他们的敬重，并不为满足我的虚荣心，只因为如此才证明我对课程同时对那个总的目标负了责。

无论当小学、中学或大学的教师，我要时时记着，在我面前的学生都是准备参加建国事业的人。建国事业有大有小，但样样都是必需的；在必需这个条件上，大事业小事业彼此平等。而要建国成功，必须参加各种事业的人个个够格，真个能够干他的事业。因此，当一班学生毕业的时候，我要逐个逐个地审量一下：甲够格吗？乙够格吗？丙够格吗？……如果答案全是肯定的，我才对自己感到满意——因为我帮助学生总算没有错儿，我对于建国事业也贡献了我的心力。

我绝不"外慕徒业"，可是我也希望精神和物质的环境能使我安于其业。安排这样的环境，虽不能说全不是我所能为力，但大部分属于社会国家方面，因此我就不说了。

读些什么书[①]

本志这一期出版的时候，读者诸君已经放了寒假了，平时在学校里，因为课程多，各科的练习忙，很少有阅读课外书籍的时间：心里虽然想阅读，可是事实上办不到，很觉得难受，寒假没有暑假那么长，但是也有几个星期，正好用来弥补这个缺憾；就是说，在寒假里应该有头有尾阅读几本书。

阅读什么书呢？读者诸君或许要这样问，我们以为举出一些具体的书来问答，是不很妥当的，第一，这中间或许会掺杂着我们的偏见；第二，不一定适合读者诸君的口味；第三，举出的书，读者诸君未必就弄得到手，因此我们只能提出几个项目，给读者诸君作为选书的参考。

关于各科的参考书是可以选读的。在学校里只读教科书；教科书是各科知识的大纲，详细的项目和精深的阐发，都没有包容进去。例如本国史教科书，对于一代的政治、文化、人情、风俗，至多用几百个字来叙述就完事了；少的时候，只用一句两句话就带过了。单凭几百个字或一句两句话，固然也可以算知道了历史；但是知道

---

① 原载 1942 年 2 月 1 日成都《国文杂志》第 2 期，署名编者。

的只是些笼统的概念，或者知其然而不知其所以然，实在不能算知道了历史；如果选一些专讲某代的政治、文化、人情、风俗的参考书来读，由于已经知道了大纲，决不至于摸不着头脑，而阅读的结果就是明白得详细而且透彻。

关于当前种种问题的书是可以选读的，教科书中大多说些原理原则的话，对于随时遇到的具体问题，或者附带提到，或者简直不说，例如日本是我国的大敌，我国与它作战已经四年半，最近它又发动太平洋大战，与一切民主国家为敌；它的凭借究竟怎样，它那狂妄的欲念怎样才可以扑灭，这些都是我国人亟待解答的几个具体问题；但是本国史、外国史和外国地理的科教书中，对于这些仅有生产力的叙述，没有综合的解答。如果选一些专谈日本问题的书来读，就可以得到许多精确的认识，从精确的认识发而为种种行动，自然会有切实的力量。日本问题只是例子罢了，此外如建国问题、大战后世界秩序问题，等等，现代青年都得郑重注意，必须注意当前的问题，青年才能够认识时代；认识了时代，自身才能够参加进去，担负推动时代的任务。

关于修养的书是可以选读的，所谓修养，其目的无非要明了自己与人群的关系，要应用合理的态度和行为来处理一切。修养的发端在于"知"；如果不"知"，种种关系就不会明了，怎样才是合理也无从懂得。修养的完成在于"行"，如果"知"而不"行"，所知就毫无价值。读关于修养的书，假定是《论语》，好比与修养很有功夫的孔子面对面，听他谈一些修养方面的话，在"知"的扩展上是很有益处的，"知"了，又能化而为"行"，那就一辈子受用不尽了。

关于文学的书是可以选读的。文学的对象是人生，文学的特点是把意念形象化，不用抽象的表达，所以读文学可以认识人生，感知人生。善于读文学的人，他所见的人生一定比不读文学的人来得深广，这当然指上品的文学而言。同样是诗，有优劣的分别；同样是小说，也有好坏，我们没有这么多的精力和时间来读一切坏的劣等的作品（就是有这么多的精力和时间也无须读那些），自应专选上品的来读，还有，不要以为自己准备学工学农，就无须理会文学，要知道学工学农也是人生；无论是谁，能够接触以人生为对象的文学，是一种最为丰美最有价值的享受。

　　就以上提出的几个项目来选择，至少可以选到三四本书，尽够寒假中阅读了，如果能够认真阅读的话，除了吸收书中的内容而外，阅读和写作的能力也自然会长进。常常有人这样问：要使国文程度长进，该读些什么书？我们的回答是："认真读前面提到的几类书，就可以了；专为要人家长进国文程度而写作的书是没有的。"

答复朋友们

　　五十岁，一个并不算大的年纪。就是大到七十八十，又有什么意思？七十八十的老人，男的女的，哪儿都可以见到。若说"知非"啊，"知天命"啊，能够办到，当然不错；可惜蘧伯玉跟孔子的那种人生境界，我一丝儿也没有达到。生日到了，跟四十九、四十八那时候一样，依从旧例，买几斤切面，煮了全家吃，此外就不想什么。有几位朋友说我乡居避寿，其实不确切；我本来乡居，因为乡间房价比较低，又省得"跑警报"；至于寿不寿，的确没有想起。

　　承蒙朋友们的好意，把我作为题目，写了些文字，我倒清楚的意识起五十岁来了。大概不会活一百年吧，如今五十岁，道路已经走了大半截。走过的是走过了，"已然"的没法叫它"不然"；倒是余下的小半截路，得打算好好地走。

　　朋友们的文字里，都说起我的文字跟为人；这两点，这自己知道得清楚，都平庸。为人是根基，平庸的人当然写不出不平庸的文字。我说我为人平庸，并不是指我缺少种种常识，不能成为专家；也不是指我没有干什么事业，不当教员就当编辑员；却是指我在我所遭遇的生活之内，没有深入它的底里，只在浮面的部分立脚。这样的平庸，好比一个皮球泄了气，瘪瘪的；假如人生该像个滚圆的皮球的话，这平庸自然要不得。

像个滚圆的皮球的人生，其人必然是诗人，广义的诗人。写不写诗没关系，生活本身就是诗。如果写，其诗必然是好诗，即使不用诗的形式也还是好诗。屈原、陶潜、杜甫、苏轼、托尔斯泰、易卜生，他们假如没有什么作品，照样是诗人，说他们的作品可爱，诚然不错，但是，假如说他们那诗人的本质可爱，尤其推究到根柢。

为要写些什么，故意往生活里钻，这是本末倒置的办法，我知道没有道理。可是，一个人本当深入生活的底里，懂得好恶，辨得是非，坚持有所为有所不为，实践如何尽职如何尽伦，不然就是白活一场：对于这一层，我现在似乎认识得更明白，愿意在往后的小半截路上加紧补习，补习有没有成效，看我的努力如何。如有成效，该可以再写些，或者说，该可以开头写。不过写不写没有大关系，重要的是加紧补习。

朋友厚爱我，宽容我，使我感激；又夸张的奖许我，使我羞愧，虽然羞愧，想到这无非要我好，还是感激。最近在报上看见沈尹默先生的诗，有一句道，"久客人情真足惜"，吟诵了好几遍。沈先生说的"久客"是久客川中，我把他解作人生在世，像我这么一个平庸的人，居然也能得到朋友们的厚爱、宽容跟奖许，"人情真足惜"啊！在这样温暖的人情中，我更没有理由不打算加紧补习。

这不是寻常致谢的话，想朋友们一定能够鉴谅。

春联儿

　　出城回家常坐鸡公车。十来个推车的差不多全熟识了，只要望见靠坐在车座上的人影儿，或是那些抽叶子烟的烟杆儿，就辨得清谁是谁。其中有个老俞，最善于招揽主顾，见你远远儿走过去，就站起来打招呼，转过身子，拍拍草垫，把车柄儿提在手里。这就叫旁的车夫不好意思跟他竞争，主顾自然坐了他的。

　　老俞推车，一路跟你谈话。他原籍眉州，苏东坡的家乡，五世祖放过道台，只因家道不好，到他手里流落到成都。他在队伍上当过差，到过雅州和打箭炉。他种过庄稼，利息薄，不够一家子吃的，把田退了，跟小儿子各推一挂鸡公车为生。大儿子在前方打国仗，由二等兵升到了排长，隔个把月二十来天就来封信，封封都是航空挂。他记不清那些时常改变的地名儿，往往说："他又调动了，调到什么地方——他信封上写得清清楚楚，下回告诉你老师吧。"

　　约摸有三四回出城没遇见老俞。听旁的车夫说，老俞的小儿子胸口害了外症，他娘听信邻舍妇人家的话，没让老俞知道请医生给开了刀，不上三天就死了。老俞哭得好伤心，哭一阵子跟他老婆拼一阵子命。哭了大半天才想起收拾他儿子，把两口猪卖了买棺材。那两口猪本来打算腊月间卖，有了这本钱，他就可以做些小买卖，不再推鸡公车，如今可不成了。

一天，我又坐老俞的车。看他那模样儿，上下眼皮红红的，似乎喝过几两干酒，颧骨以下的面颊全陷了进去，左边陷进更深，嘴就见得歪了。他改变了往常的习惯，只顾推车，不开口说话，呼呼的喘息声越来越粗，我的胸口，也仿佛感到压迫。

"老师，我在这儿想，通常说因果报应，到底有没有的？"他终于开口了。

我知道他说这个话的所以然，回答他说有或者没有，同样嫌啰嗦，就含糊其词应接道："有人说有的，我也不大清楚。"

"有的吗？我自己摸摸心，拷问自己，没占过人家的便宜，没糟蹋过老天爷生下来的东西，连小鸡儿也没踩死过一只，为什么处罚我这样凶？老师，你看见的，长得结实干得活儿的一个孩儿，一下子没有了！莫非我干了什么恶事，自己不知道。我不知道，可以显个神通告诉我，不能马上处罚我！"

这跟《伯夷列传》里的"天之报施善人其何如哉！""倘所谓天道是耶非耶？"是同样的调子，我想。我不敢多问，随口说："你把他埋了？"

"埋了，就在邻舍张家的地里。两口猪，卖了四千元，一千元的地价，三千元的棺材——只是几片薄板，像个火柴盒儿。"

"两口猪才卖得四千元。"

"腊月间卖当然不止，五千、六千也卖得。如今是你去央求人家，人家买你的是帮你的忙，还论什么高啊低的。唉，说不得了，孩子死了，猪也卖了，先前想的只是个梦，往后还是推我的车子——独个儿推车子，推到老，推到死！"

我想起他跟我同岁，甲午生，平头五十，莫说推到死，就是再推上五年六年，未免太困苦了。于是转换话头，问他的大儿子最近有没有信来。

"有，有，前五天接了他的信。我回复他，告诉他弟弟死了，只怕送不到他手里，我寄了航空双挂号。我说如今只剩你一个了，你在外头要格外保重。打国仗的事情要紧，不能叫你回来，将来把东洋鬼子赶了出去，你赶紧就回来。"

"你明白。"我着实有些激动。

"我当然明白。国仗打不赢，谁也没有好日子过，第一要紧是把国仗打赢，旁的都在其次。——他信上说，这回作战，他们一排弟兄，轻机关枪夺了三挺，东洋鬼子活捉了五个，只两个弟兄受了伤，都在腿上，没关系。老师，我那儿子有这么一手，也亏他的。"

他又琐琐碎碎地告诉我他儿子信上其他的话，吃些什么，宿在哪儿，那边的米价多少，老百姓怎么样，上个月抽空儿自己缝了一件小汗褂，鬼子的皮鞋穿上脚不及草鞋轻便，等等。我猜他把那封信总该看了几十遍，每个字都让他嚼得稀烂，消化了。

他似乎暂时忘了他的小儿子。

新年将近，老俞要我给他拟一副春联儿，由他自己去写，贴在门上。他说好几年没贴春联儿了，这会子非要贴它一副，洗刷洗刷晦气。我就给他拟了一副：

　　有子荷戈庶无愧
　　为人推毂亦复佳

约略给他解释一下，他自去写了。

有一回我又坐他的车，他提起步子就说："你老师给我拟的那副春联儿，书塾里老师仔细讲给我听了。好，确实好，切，切得很，就是我要说的话。有个儿子在前方打国仗，总算对得起国家。推鸡公车，气力换饭吃，比哪一行正经行业都不差。老师，你是不是这个意思？"

我回转身子点点头。

"你老师真是摸到了人家心窝里，哈哈！"

谈成都的树木

前年春间，曾经在新西门附近登城，向东眺望。少城一带的树木真繁茂，说得过分些，几乎是房子藏在树丛里，不是树木栽在各家的院子里。山茶、玉兰、碧桃、海棠，各种的花显出各种的光彩，成片成片深绿和浅绿的树叶子组合成锦绣。少陵诗道："东望少城花满烟，百花高楼更可怜。"少陵当时所见与现在差不多吧，我想。

登高眺望，固然是大观，站到院子里看，却往往觉得树木太繁密了，很有些人家的院子里接叶交柯，不留一点儿空隙，叫人想起严译《天演论》开头一篇里所说的"是离离者亦各尽天能，以自存种族而已，数亩之内，战事炽然，强者后亡，弱者先绝"，简直不像布置什么庭园。为花木的发荣滋长打算，似乎可以栽得疏散些。如果处在玩赏的观点，这样的繁密也大煞风景，应该改从疏散。大概种树栽花离不开绘画的观点。绘画不贵乎全幅填满了花花叶叶。画面花木的姿态的美，加上所留出的空隙的形象的美，才成一幅纯美的作品。满院子密密满满尽是花木，每一株的姿质都让它的朋友搅浑了，显不出来，虽然满树的花光彩可爱，或者还有香气，可是就形象而言，那是毫无足观了。栽得疏散些，让粉墙或者回廊作为背景，在晴朗的阳光中，在澄澈的月光中，在朦胧的朝曦暮霭中，玩赏那形和影的美，趣味必然更多。

根据绘画的观点看，庭园的花木不如野间的老树。老树经历了悠久的岁月，所受自然的剪裁往往为专门园艺家所不及，有的竟可以说全无败笔。当春新绿茏葱，生意盎然，入秋枯叶半脱，意致萧爽，观玩之下，不但领略他的形象之美，更可以了悟若干人生境界。我在新西门外，住过两年，又常常往茶店子，从田野间来回，几株中意的老树已成熟朋友，看着吟味着，消解了我的独行的寂寞和疲劳。

说起剪裁，联想到街上的那些泡桐树。大概由于街两旁的人行道太窄，树干太贴近房屋的缘故，修剪的时候往往只顾保全屋面，不顾到损伤树的姿态，以致所有泡桐树大多很难看。还有金河街河两岸以及其他地方的柳树，修剪起来总是毫不容情，把去年所有的枝条全都锯掉，只剩下一个光光的拳头。我想，如果修剪的人稍稍有些画家的眼光，把可以留下的枝条留下，该会使市民多受若干分之一的美感陶冶吧。

少城公园的树木不算不多，可是除了高不可攀的楠木林，都受到随意随手的摧残。沿河的碧桃和芙蓉似乎一年不如一年了，民众教育馆一带的梅树，集成图书馆北面的十来株海棠，大多成了畸形，表示"任意攀折花木"依然是游人的习惯。虽然游人甚多，尤其是晴天，茶馆家家客满，可是看看那些"刑余"的花树以及乱生的灌木和草花，总感到进了个荒园似的。《牡丹亭·拾画》出的曲文道"早则是寒花绕砌，荒草成窠"。读着很有萧瑟之感，而少城公园给人的印象正相同。整顿少城公园要花钱，在财政困难的此刻未必有这么一笔闲钱。可是我想，除了花钱，还得有某种精神，如果没有某种精神，即使花了钱恐怕还是整顿不好的。

两种习惯养成不得

在本志第一期里，我说"习惯成自然"才是能力，一个人养成的习惯越多，他的能力越强。这一回要说的是习惯不嫌其多，有两种习惯却养成不得，除掉那两种习惯，其他的习惯多多益善。

哪两种习惯养成不得？一种是不养成什么习惯的习惯，又一种是妨害他人的习惯。

什么叫作不养成什么习惯的习惯？举例来说，容易明白。坐要端正，站要挺直，每天要洗脸漱口，每事要有头有尾，这些都是一个人的起码习惯，有了这些习惯，身体与精神就能保持起码的健康。但是这些习惯不是一会儿就会有的，也得逐渐养成。在没有养成的时候，多少要用一些强制功夫，自己随时警觉，坐硬是要端正，站硬是要挺直，每天硬是要洗脸漱口，每事硬是要有头有尾。直到"习惯成自然"，不待强制与警觉，也能行所无事的做去，这些就是终身受用的习惯了。如果在先没有强制与警觉，也能行所无事的做去，这些就是终身受用的习惯了。如果在先没有强制与警觉，今天东，明天西，今天这样，明天那样，那就什么习惯也养不成。而这今天东，明天西，今天这样，明天那样，倒反成为一种习惯，牢牢的在身上生根了。这种习惯就是"不养成什么习惯的习惯"，最要不得。为什么最要不得？只消一句话回答：这种习惯是与其他种种习惯冲突的，养成了这种习惯，其他种种习惯就很少有养成的希望了。

什么叫作妨害他人的习惯？也可以举例来说。走进一间屋子，砰的一声把门推开，喉间一口痰涌上来了，噗的一声吐在地上，这些都好像是无关紧要的事。但是很关紧要，因为这些习惯都将妨害他人。屋子里若有人在那里做事看书，他们的心思正集中，被你砰的一声，他们的心思扰乱了，这是受了你的影响。你的痰里倘若有些传染病菌，噗的一声吐在地上，这些病菌就有传染给张三或李四的可能，他们因而害起病来，这是受了你的影响。所以这种习惯是"妨害他人的习惯"，最要不得。在"习惯成自然"之后，砰的一声与噗的一声将会行所无事，也就是说，妨害他人将会行所无事。一个人如果明了自己与他人的密切关系，不愿意妨害他人，给他人不好的影响，就该随时强制，随时警觉，不要养成妨害他人的习惯。不问屋子里有没有人，你推门进去总是轻轻地，不问你的痰里有没有传染病菌，你总是把它吐在手绢或纸片上，这样"习惯成自然"，你就在推门与吐痰两件事上不致妨害他人了。推广开来说，凡是为非作歹的人，他们为非作歹的原因固然有许多，也可以用一句话来包括，他们的病根在养成了妨害他人的习惯。他们不明了自己与他人的密切关系，他们不懂得爱护他人，一切习惯偏向妨害他人的方面，他们就成了恶人。如希特勒、墨索里尼、日本军阀，是头等的恶人，其他如贪官、污吏、恶霸、奸商，也都是恶人中的代表角色。这些恶人向来为人们所痛恨，今后的世界上尤其不容许他们立足。谁要立足在今后的世界上，谁就得深切记住，不要养成妨害他人的习惯。

习惯不嫌其多，只有两种习惯养成不得，一种是不养成什么习惯的习惯，又一种是妨害他人的习惯。

读《经典常谈》

学校国文教室的黑板上常常写着如下一类的粉笔字："三礼：周礼，仪礼，礼记。""三传：公羊传，谷梁传，左传。"学生看了，就抄在笔记薄本。

学期考试与入学考试，国文科常常出如下一类的测验题目："《史记》何人所作？《资治通鉴》何人所作？""什么叫'四书'？什么叫'四史'？""司马相如何代人？杜甫何代人？他们有哪一方的著作？"与考的学生只消写上人名、书名、朝代名就是。写错了或者写不出当然没有分数。

曾经参观一个中学，高中三年级上"中国文学史"课，用的是某大学的讲义《中国文学史要略》，方讲到隋唐。讲义中提及孔颖达的《五经正义》，杜佑的《通典》，王通的《中说》等，没有记明卷数，教师就一一写在黑板上，让学生一一抄在本子上。在教室里立了大约半点钟，没听见教师开一声口，只看见他写的颇为老练的一些数目字。

书籍名、作者名、作者时代、书籍卷数，不能不说是一种知识。可是，学生得到了这种知识有什么受用，咱们不妨想一想。参与考试，如果遇到这一类的测验题目，就可以毫不迟疑地答上去，取得极限的分数，这是一种受用。还有呢？似乎没有了。在跟人家谈话的当儿，如果人家问你"什么叫'四史'？"你回答得出"就是《史记》《汉书》《后汉书》《三国志》"；你的脸上自然也会有一副踌躇满志的神色。可惜实际上谈话时候把这种问题做话题的并不多。

另外一派人不赞成这种办法，说这种办法毫无道理，不能叫学生得到真实的受用。这个话是千真万确的。他们主张，学生必须跟书籍直接打交道，好比朋友似的，你必须跟他混在一块，才可以心心相通，彼此影响，仅仅记住他的尊姓大名，就与没有这个朋友一样。这个话当然也没有错。可是他们所说的书籍范围很广，差不多从前读书人常读的一些书籍，他们主张现在的学生都应该读。而且，他们开起参考书目来就是一大堆，就说《史记》吧，关于考证史事的有若干种，关于评议体例的有若干种，关于鉴赏文笔的有若干种。他们要学生自己去摸索，把从前人走过的路子照样走一遍，结果才认识《史记》的全貌。这儿就有问题了。范围宽广，从前读书人常读一些书籍都拿来读，跟现代的教育宗旨合不合，是问题。每一种书籍都要由学生自己去摸索，时间跟能力够不够，又是问题。这些问题不加注意，徒然苦口婆心地对学生说："你们要读书啊！"其心固然可敬，可是学生还是得不到真实的受用。

现代学生的功课，有些是从前读书人所不做的，如博物、理化、图画、音乐之类。其他的功课，就实质说，虽然就是从前读书人学的那一些，可是书籍不必再从前人的本子了。一部历史教本就可以摄取历代史籍的大概、经籍子籍的要旨。——这自然指编撰得好的而言；现在有没有这样好的教本，那是另一问题。试问为什么要这么办？为的是从前书籍浩如烟海，现代的学生要做的功课多，没有时间——去读它。为的是现代切用的一些实质，分散在潜藏在各种书籍里，让学生淘金似的去淘，也许淘不着，也许只淘着了一点儿。尤其为的是从前的书籍，在现代人看来，有许多语言文字方面的障碍；先秦古籍更有脱简错简，传抄致误，清代学者校勘的贡献虽然极大，但是否定全恢复了各书的原样，谁也不敢说定；现代学生不能也不应个个劳费精力在训诂校勘上边，是显而易见的。所以，为实质的吸收着想，可以干脆说一句，现代学生不必读从前的书。只要历史教本跟其他学生用书编撰得好，教师和帮助学生的一些人们又指导得法，学生就可以一辈子不读《论语》《庄子》却能知道孔子、庄子的学说；一辈子不读《史记》《汉书》，却能明晓古代的史迹。

可是，有些书籍的实质和形式是分不开的，你要了解它，享受它，必须面对它本身，涵泳得深，体味得切，才有得益。譬如《诗经》，就不能专取其实质，翻为现代语言，让学生读"白话诗经"。翻译并不是不能做，并且已经有人做过，但到底是另外一回事；真正读《诗经》还得直接读"关关雎鸠"。又如《史记》，作为历史书，尽可用"历史教本""中国通史"之类来代替；但是它同时又是文学作品，作为文学作品，就不能用"历史教本""中国通史"之类来代替，从这类书里知道了楚汉相争的史迹，并不等于读了《项羽本纪》。我想，要说现代学生应该读些古书，理由应该在这一点上。

还有一点。如朱自清先生在这本《经典常谈》的序文里说的，"在中等以上的教育里，经典训练应该是一个必要的项目。经典训练的价值不在实用，而在文化。有一位外国教授说过，阅读经典的用处，就在教人见识经典一番。这是很明达的议论。再说做一个有相当教育的国民，至少对于本国的经典也有接触的义务。"一些古书，培育着咱们的祖先，咱们跟祖先是一脉相承的，自当尝尝他们的营养料，才不至于无本。若讲实用，似乎是没有，有实用的东西都收纳在各种学科里了；可是有无用之用。这可以打个比方。有些人不怕旅行辛苦，道路几千，跑上峨眉金顶看日出，或者跑到甘肃敦煌，看一窟寺历代的造像跟壁画。在专讲实用的人看来，他们干的完全没有实用，只有那股傻劲儿倒可以佩服。可是他们从金顶下来，打敦煌回转，胸襟扩大了，眼光深远了。虽然还是各做他们的事儿，却有了一种新的精神。这就是所谓无用之用。读古书读的得其道，也会有类似的无用之用。要说现代学生应该读些古书，这是又一个理由。

这儿要注意，"现代学生应该读些古书"，万不宜忽略"学生"两字跟一个"些"字。说"学生"，就是说不是专家，其读法不该跟专家的一样（大学里专门研究古书的学生当然不在此限）。说"些"，就是说分量不能多，就是从前读书人常读的一些籍也不必全读。就阅读的本子说，最好辑录训诂校勘方面简明而可靠的定论，让学生展卷了然，不必在一大堆参考书里自己去摸索。就阅读的范围说，最好根据前边说的两个理由来选定，只要精，不妨小，只要达到让学生见识一番这么个意思就成。这本《经典常谈》的序文里说："我们理想中一般人的经典读本——有些该是全书，有些只该是选本节本，——应该尽可能地采取他们的结论；一面将本文分段，仔细地标点，并用白话文作简要的注释。每种读本还得有一篇切实而浅明的白话文导言。"现代学生要读些古书，急切需用这样的读本。口口声声嚷着学生应该读古书的先生们，似乎最适宜负起责任来，编撰这样的读本。可是他们不干，只是"读书啊！读书啊！"的直嚷；学生实在没法接触古书，他们就把罪名加在学生头上："你们自己不要好，不爱读书，叫我有什么办法？"我真不懂得他们的所以然。

朱先生的《经典常谈》却是负起这方面的责任来的一本书。它是一些古书的"切实而浅明的白话文导言"。谁要知道某书是什么，它就告诉你个什么，看了这本书当然不就是读了古书，可是古书的来历，其中的大要，历来对于该书有什么问题，直到现在为止，对于该书已经研究到什么程度，都可以有个简明的概念。学生如果自己在一大堆参考书里去摸索，费力甚多，所得未必会这么简明。因这本书的导引，去接触古书，就像预先看熟了地图跟地理志，虽然到的是个新地方，却能头头是道。专家们未必看得起这本书，因为"这中间并无编撰者自己的创见，编撰者的工作只是编撰罢了"（序文中语）；但是这本书本来不是写给专家们看的，在需要读些古书的学生，这本书正适合他们的理解能力跟所需分量。尤其是"各篇的讨论，尽量采择近人新说"（序文中语），近人新说当然不单为它"新"，而为它是最近研究的结果，比较可作定论；使学生在入门的当儿，便袪除了狭陋跟迂腐的弊病，是大可称美的一点。

这本书所说经典，不专指经籍，是用经典的二字的广义，包括群经，先秦诸子，几种史书，一些集部，共十三篇。把目录抄在这儿：《说文解字》第一；《周易》第二；《尚书》第三；《诗经》第四；三礼第五；《春秋》三传第六（《国语》附）；"四书"第七；《战国策》第八；《史记》《汉书》第九；诸子第十；辞赋第十一；

诗第十二；文第十三；前头十一篇都就书讲；末了"诗""文"两篇却只叙述源流，不就书讲，"因为书太多了，没法子一一详论，而集部书的问题也不像经、史、子那样重要，在这儿也无需详论"（序文中语）。

我坐了木船

从重庆到汉口，我坐了木船。

木船危险，当然知道。一路上数不尽的滩，礁石随处都是。要出事，随时可以出。还有盗匪——实在是最可怜的同胞，他们种地没得吃，有力气没处出卖，当了兵经常饿肚子，没奈何只好出此下策。假如遇见了，把铺盖或者身上衣服带了去，也是异常难处的事儿。

但是，回转来想，从前没有轮船，没有飞机，历来走川江的人都坐木船。就是如今，上上下下的还有许多人在那里坐木船，如果统计起来，人数该比坐轮船、坐飞机的多得多。人家可以坐，我就不能坐吗？我又不比人家高贵。至于危险，不考虑也罢。轮船、飞机就不危险吗？安步当车似乎最稳妥了，可是人家屋檐边也可能掉下一片瓦来。要绝对避免危险就莫要做人。

要坐轮船、坐飞机，自然也有办法。只要往各方去请托，找关系，或者干脆买张黑票。先说黑票，且不谈付出超过定额的钱，力有不及，心有不甘，单单一个"黑"字，就叫你不愿领教。"黑"字表示作弊，表示越出常轨，你买黑票，无异帮同作弊，赞助越出常轨。一个人既不能独个儿转移风气，也该在消极方面有所自守，帮同作弊，赞助越出常轨的事儿，总可以免了吧。——这自然是书生之见，不值通达的人一笑。

再说请托找关系，听人家说他们的经验，简直与谋差使一样的麻烦。在传达室恭候，在会客室恭候，幸而见了那要见的人，他听说你要设法买船票或飞机票，爱理不理地答复你说："困难呢……下个星期再来打听吧……"于是你觉着好像有一线希望，又好像毫无把握，只得挨到下个星期再去。跑了不知多少回，总算有眉目了，又得往这一处签字，那一处盖章，看种种的脸色，候种种的传唤，为的是得一份充分的证据，可以去换一张票子。票子到手，身份可改变了，什么机关的部属，什么长的秘书，什么人的本人或是父亲，或者姓名仍旧，或者必须改名换姓，总之要与你自己暂时脱离关系。最有味的是冒充什么部的士兵，非但改名换姓，还得穿上灰布棉军服，腰间束一条皮带。我听了这些，就死了请托找关系的念头。即使饿得要死，也不定要去奉承颜色谋差使，为了一张票子去求教人家，不说我自己犯不着，人家也太费心了。重庆的路又那么难走，公共汽车站排队往往等上一个半个钟头，天天为了票子去奔跑实在吃不消。再说与自己暂时脱离关系，换上别人的身份，虽然人家不大爱惜名器，我可不愿滥用那些名器。我不是部属，不是秘书，不是某人，不是某人的父亲，我是我。我毫无成就，样样不长进，我可不愿与任何人易地而处，无论长期或是暂时。为了跑一趟路，必须易地而处，在我总觉得像被剥夺了什么似的，至于穿灰布棉军服更为难了，为了跑一趟路才穿上那套衣服，岂不亵渎了那套衣服？亵渎的人固然不少，我可总觉不忍。——这一套又是书生之见。

抱着书生之见，我决定坐木船。木船比不上轮船，更比不上飞机，千真万确。可是绝对不用请托，绝对不用找关系，也无所谓黑票。你要船，找运输行。或者自己到码头上去找。找着了，言明价钱，多少钱坐到汉口，每一块钱花得明明白白。在这一点上，我觉得木船好极了，我可以不说一句讨情的话，不看一副难看的嘴脸，堂堂正正凭我的身份东归。这是大多数坐轮船、坐飞机的朋友办不到的，我可有这种骄傲。

决定了之后，有两位朋友特地来劝阻。一位从李家沱，一位从柏溪，不怕水程跋涉，为的是关爱我，瞧得起我。他们说了种种理由，设想了种种可能的障碍，结末说，还是再考虑一下的好。我真感激他们，当然不敢说不必再考虑，只好带玩笑地说"吉人天相"，安慰他们的激动的心情。现在，他们接到我平安到达的消息，他们也真的安慰了。

谈文章的修改①

有人说，写文章只该顺其自然，不要在一字一语的小节上太多留意。只要通体看来没有错，即使带着些小毛病也没关系。如果留意了那些小节，医治了那些小毛病，那就像个规矩人似的，四平八稳，无可非议，然而也只成个规矩人，缺乏活力，少有生气。文章的活力和生气全仗信笔挥洒，没有拘忌，才能表现出来。你下笔，多所拘忌，就把这些东西赶得一干二净了。

这个话当然有道理，可是不能一概而论。至少学习写作的人不该把这个话作为根据，因而纵容自己，下笔任它马马虎虎。

写文章就是说话，也就是想心思。思想、语言、文字，三样其实是一样。若说写文章不妨马虎，那就等于说想心思不妨马虎。想心思怎么马虎得？养成了习惯，随时随地都马虎地想，非但自己吃亏，甚至影响到社会，把种种事情弄糟。向来看重"修辞立其诚"，目的不在乎写成什么好文章，却在乎决不马虎地想。想得认真，是一层。运用相当的语言文字，把那想得认真的心思表达出来，又是一层。两层功夫合起来，就叫作"修辞立其诚"。

---

① 原载一九四六年五月一日《中学生》第一七五期。

学习写作的人应该记住，学习写作不单是在空白的稿纸上涂上一些字句，重要的还在乎学习思想。那些把小节小毛病看得无关紧要的人大概写文章已经有了把握，也就是说，想心思已经有了训练，偶尔疏忽一点，也不至于出什么大错。学习写作的人可不能与他们相比。正在学习思想，怎么能稍有疏忽？把那思想表达出来，正靠着一个字都不乱用，一句话都不乱说，怎么能不留意一字一语的小节？一字一语的错误就表示你的思想没有想好，或者虽然想好了，可是偷懒，没有找着那相当的语言文字：这样说来，其实也不能称为"小节"。说毛病也一样，毛病就是毛病，语言文字上的毛病就是思想上的毛病，无所谓"小毛病"。

修改文章不是什么雕虫小技，其实就是修改思想，要它想得更正确，更完美。想对了，写对了，才可以一字不易。光是个一字不易，那不值得夸耀。翻开手头一本杂志，看见这样的话："上海的住旅馆确是一件很困难的事，廉价的房间更难找到，高贵的比较容易，我们不敢问津的。"什么叫作"上海的住旅馆"？就字面看，表明住旅馆这件事属于上海。可是上海是一处地方，决不会有住旅馆的事，住旅馆的原来是人。从此可见这个话不是想错就是写错。如果这样想："在上海，住旅馆确是一件很困难的事，"那就想对了。把想对的照样写下来："在上海，住旅馆确是一件很困难的事，"那就写对了。不要说加上个"在"字去掉个"的"字没有多大关系，只凭一个字的增减，就把错的改成对的了。推广开来，几句几行甚至整篇的修改也无非要把错的改成对的，或者把差一些的改得更正确，更完美。这样的修改，除了不相信"修辞立其诚"的人，谁还肯放过？

思想不能空无依傍，思想依傍语言。思想是脑子里在说话——

说那不出声的话，如果说出来，就是语言，如果写出来，就是文字。朦胧的思想是零零碎碎不成片段的语言，清明的思想是有条有理组织完密的语言。常有人说，心中有个很好的思想，只是说不出来，写不出来。又有人说，起初觉得那思想很好，待说了出来，写了出来，却变了样儿，完全不是那回事了。其实他们所谓很好的思想还只是朦胧的思想，就语言方面说，还只是零零碎碎不成片段的语言，怎么说得出来，写得出来？勉强说了写了，又怎么能使自己满意？那些说出来写出来有条有理组织完密的文章，原来在脑子里已经是有条有理组织完密的语言——也就是清明的思想了。说他说得好写得好，不如说他想得好尤其贴切。

因为思想依傍语言，一个人的语言习惯不能不求其好。坏的语言习惯会牵累了思想，同时牵累了说出来的语言，写出来的文字。举个最浅显的例子。有些人把"的时候"用在一切提冒的场合，如谈到物价，就说"物价的时候，目前恐怕难以平抑"，谈到马歇尔，就说"马歇尔的时候，他未必真个能成功吧"。试问这成什么思想，什么语言，什么文字？那毛病就在于沾染了坏的语言习惯，滥用了"的时候"三字。语言习惯好，思想就有了好的依傍，好到极点，写出来的文字就可以一字不易。我们普通人难免有些坏的语言习惯，只是不自觉察，在文章中带了出来。修改的时候加一番检查，如有发现就可以改掉。这又是主张修改的一个理由。

相濡以沫

去年在重庆，参加鲁迅先生纪念会，我提起了他爱用的一句话"相濡以沫"。今年在上海，参加他的逝世十周年纪念会，我仍旧提起了这句话。

大概是我的话没有说清楚，或者根本没有把意思表达出来。第二天看报纸的记载，与我所说的不大相符。因此再在这里说一说，辞句和顺序未必与说话当时全同，大旨却不相违异。

"相濡以沫"这句话出于《庄子》，鲁迅先生常爱引用它，只是断章取义，与这句话的上下文不大有关系。单就这句话看，是一个悲壮动人的场面。一群鱼失了水，干得要死，大家吐出口沫来，彼此互相沾润，借此延长大家的生命。试想，吐出自己仅有的东西来，不但沾润自己，还要互相沾润，那"生的意志"的强固和"群的联系"的强固，不是够得上悲壮两个字的考语吗？

鲁迅先生引用这句话，为的是他所处的环境正是一片干地，没有一滴水。他又见和他同在的人所处的是相同的环境，于是自然而然记起这句话。说它是口号，不如说它是信念。他奉行的信念，在一片干地上，所吐的口沫非常之多。二十册的《鲁迅全集》是他的口沫，新近出版的《鲁迅全集补遗》是他的口沫，由他校印的木刻画集以及《海上述林》等书是他的口沫，尤其重要的，他那明辨是非的态度，坚决奋斗的精神，待人接物的诚恳与认真，全是他的口沫。与他接触的人见他的为人，读他的文字，也个个吐出他们的口沫，相信他，学习他，和他在一起。到了今日，"走鲁迅先生的道路"成为普遍的号召了。我想这么说：鲁迅先生的影响所以伟大，就在于他奉行那"相濡以沫"的信念。

鱼到了"相濡以沫"的境地，虽然延长一时的生命，结果总不免死掉。可是，鲁迅先生引用这句话是取作比喻，说的还是人事。就人事方面想，情形就不同了。鲁迅先生逝世不久，我曾作一首七律挽他，现在抄在这里：

木坏山颓万众悲，感人岂独在文辞。暖姝凤恨时流态，刚介真堪后死师。岩电烂然无不照，遗容穆若见深慈。相濡以沫沫成海，试听如潮继志词。

前面六句不说，只说末后两句。这两句还是比喻。人与人要是"相濡以沫"，范围越推越广，口沫越聚越多，不将汇成大海吗？既然有个大海，被喻为鱼的人就可以在其中游泳自如，不再是干得要死的鱼了。而现在，大海已经汇成了，因为已经听见了潮水似的声音。潮水似的声音就是所谓"继志词"，就是"走鲁迅先生的道路！""学习鲁迅先生的精神！"一类的号召。

生活教育

关于教育的见解，千差万别，可是扼要地区别起来，也很简单，大致可以分为相反的两派。就教育的目标说，一派希望受教育者成为工具，另一派希望受教育者成为人，独立不倚的人，不比任何人卑微浅陋的人。就教育的理解说，一派认为受教育者像个空瓶子，其中一无所有，开着瓶口等待把东西装进去，另一派认为受教育者自有发掘探讨的能力，这种能力只待培养，只待启发，教育事业并非旁的，就只是做那培养和启发的工作。就教育的方法说，一派注重记诵，使受教育者无条件地吞下若干东西，另一派注重创发，不但使受教育者吞下若干东西，尤其重要的在使受教育者消化那些东西，化为自身的新血液，新骨肉。以上说的目标、理解、方法三项是一致的。前一派希望受教育者成为工具，就不能不把他们认作空瓶子，要他们无条件地吞下若干东西。后一派希望受教育者成为人，自然要把他们当人看待，自然要把培养能力、启发智慧作为教育的任务，自然要竭力使他们长成新血液，新骨肉。就受教育者的方面说，受前一派的教育是"为人"，有人需要一批工具，你是应命准备去做工具，不是"为人"是什么？受后一派的教育是"为己"，"古

157

之学者为己"的"为己",发展智能,一辈子真实受用,这种教育就是陶行知先生所说的"生活教育"。

在皇帝的时代,在法西斯的国家,当然推行前一派的教育。皇帝要人民作工具供养他,法西斯机构要人民作工具拥护它,势所必然把教育作为造成工具的手段。但是,皇帝早已推翻了,法西斯已经打垮了,在人民的世纪中,人人要做独立不倚的人,不比任何人卑微浅陋的人,就必须推行后一派的教育,如陶行知先生所说的"生活教育"。

放眼看我国当前的教育,无论认识方面、还是表现方面,都还脱不出前一派的窠臼。教育原不是孤立的事项,有这么样的中国,就有如现在模样的教育。有人说,要把教育办好了,才可以把中国弄好。这自然见出对于教育的热诚和切望,可是实做起来未必做得通。还是调转来说,要把中国弄好了,才可以脱出前一派教育的窠臼,彻头彻尾地推行后一派的教育。所以陶行知先生一方面竭力提倡"生活教育",一方面身任民主运动的先锋。现在推行"生活教育",不怕艰难,不避危害,当然也有成就,那成就对于中国的弄好也大有帮助。然而那成就只是一点一滴的,要收到普遍的效果,要使人人受到充实自己、发展自己的教育,总得在中国真正弄好了之后。

担任教育工作的人多极了,人的聪明才智,一般说来是相去不远的,然而像陶行知先生那样提倡并且推行"生活教育"的有几人?像陶行知先生那样认清教育与其他事项的关系,献身于民主运动的又有几人?安得陶行知先生的精神化而为千,化而为万,整个教育界的人都把陶行知先生作为楷模,使中国与中国的教育一改旧观啊!

自己受用[1]

我们求各种知识，练各种能力，不是为了装点门面。装点门面是可做可不做的事情，做了外表好看，固然不算坏，可是不做也不关紧要。我们求各种知识，练各种能力，是为了供自己受用。除了跟自己捣乱的人，谁不希望知识广，能力强，一辈子受用不尽？要实现这种希望，求与练的事情就非做不可。

什么叫受用？请举两个例子来说，原先你常常伤风，鼻酸喉痛，非常难过。后来你有了卫生知识，你应用了卫生知识，随时当心你的衣着，护卫你的呼吸器官，你不大伤风了，这就是受用。原先你写信写不好，满头大汗写了大半天，还是前言不对后语，非常痛苦。后来你的发表能力增进了，想起心思来有条有理，说起语言来句句顺适，你给任何人写信，都能够把你的情意写得清清楚楚，这就是受用。

不懂得卫生知识，不练成发表能力，你一辈子也得不到受用。懂得了练成了之后，你一定可以一辈子受用。无论何种知识何种能力都如此。

---

① 原载 1948 年 1 月 16 日《开明少年》第 31 期。署名编者。

为了供自己受用，我们才去求知识，练能力：这一点必须认识清楚。认识清楚之后，一个学生自然知道上学不为遵从父兄的督促，不为应酬学校的招徕，上学原是自己的事情，也自然知道上学的目标不为分数，不为文凭，不为某级学校毕业生的名目，却为的充实自己的生活。这才是正当的学习态度。即使不在学校里的，只要他还在那里求知识，练能力，也应当抱这样的学习态度。

　　这样的学习态度为什么好？第一，是自己的事情，一定搞得很切实。不大明白，非弄个明白不可。怀有疑问，非彻底究明不可。技术生疏，非努力练熟不可。这样切实地去干，成绩当然不会差。其次，抱这样的学习态度的，学习必然与生活关联在一起。一般的毛病，学习与生活脱离了关系，学习的是一套东西，生活所凭依的是另一套东西，学了植物学可以不辨菽麦，练了好几年的作文可以写不来一封书信。现在知道为了生活才要学习，当然只有一套东西了，那套东西就是生活里的种种项目，凡学习的无非这生活里的种种项目。又其次，抱这样的学习态度的，随时可以得到受用。知识懂得透彻了，能力练得精熟了，用来应付生活，就比先前大不相同。这是当场兑现，立时受用。知识的界限无穷，能力的发展无限，一个人永远抱着这样的学习态度，就永远有新的收获，永远有新的受用。

佩弦的死讯

本月十日接到北平航空信，清华大学的信封，署个"朱"字，笔迹不是佩弦的，我心中就有了预感。拆开来一看，果然不是佩弦的信，是他的儿子乔森写的，说他爸爸在六日早上四点钟突然胃部剧痛，十点钟在北大医院已经不能动弹。下午两点在医院开刀，经过情形还好，可是三四天间是危险期。又说与我合编的国文教本最近大概不能编了，请我原谅。我就发个电报给北平的一位朋友，请他代往医院探望，并将所见电告。十一日《大公报》有一条电讯，说开割历五小时之久，又有肾脏炎的毛病，情形很严重。十二日下午，北平的朋友来了回电，说是未脱危险。看《新民晚报》，登载着一条电讯也说严重。到今天早上，预料而又怕看的一条消息果然在报上刊出了，佩弦已于昨日上午十一时后去世。

佩弦的胃病是老病，我说不大准确，拖了十五年左右。他的病时发时止，最近七八年间发得较频繁，而且每发必凶。实在是十二指肠溃疡，这是早已知道了的。有人劝他开割，他也想去开割，但是听医生说不开割也可以，就拖下来了。近两月间又发了几次，曾经写信来说拟停止合编教本的工作。我劝他且从事休养，编书的事将来再说。后来他身体似见好转，很高兴的写信来说愿意继续合作。

161

不料就在二十天之后他去世了，使我再没有与他合作的机会了。

他在昆明的几年太苦了。兼课，饮食不好，每天跑很远的路。暑假中回到成都算是舒服些。然而他责任心重，不肯请假，赶在开学以前就急急忙忙动身回校。回到北平以后也从未闲过，教课之余，写文字，编刊物，编《闻一多全集》，只有病发时候才躺下来。如果他能有好好的休养，如果他早几年开割，到今天也许还是健康精壮的人。事务跟经济限制了他，使他不能好好的休养，使他直到体力消耗将尽的时候才去开割，于是他只能享有五十一岁的生命。

佩弦是个好人，凡是认识他跟他有交谊的人都承认。他可不是"烂好人"，不是无可无不可，随俗依违的那一流。只要看他几年来对于一些看不顺眼的大事都站出来说话，就可以知道。他这样做，我确切地知道，不是讨好什么人，不存什么企图，只是行其心之所安。目前由于多所顾虑，有所见到而不愿宣露出来的人似乎很多，这就是不能行其心之所安，结果弄到经常的不安。经常的不安才有所谓"烦闷彷徨"，随时行其心之所安，又有什么"烦闷彷徨"呢？

他近年来很有顾影孤孤的心情，在几次来信中曾经提到。我想他未必如屈原所说的"恐修名之不立"（如果把"名"字作通常的"名誉"讲），却是恐怕自己的成绩太少，对于人群的贡献太不够的缘故。加上他的病，自己心中有数，就只盼望成绩多一点儿好一点儿，能够工作就尽量工作。他实践他的意愿，不停地工作，直到本月六日最后一次发病为止。

我想人生不可解而可解，不可究诘而可究诘。离开了人的观点，或从天文学的观点，或从生物学的观点，人生只是宇宙大化中的一粒微尘而已。但是取了人的观点，就有了个范围，定了个趋向。既讲人，不能不求其进步，不能不求其好——物质方面跟精神方面都好，而且必须大家好，不能单让一部分人好，其他的人不好。这就产生了为大众服务，努力将自己的成绩贡献于大众的想头。个人的名利有什么可以追求的呢？唯有实实在在的成绩足以贡献给大众，在大众的海洋里加增一点一滴的，才是生命的真意义，才算没有虚度短短的几十年的寿命。我虽然没有跟佩弦谈过这一套近乎玄虚的话，可是我确知他带着病辛辛苦苦地工作着，是含有这个意思的。我说的也许太浅薄，但是决不会牛头不对马嘴。

现在时髦的词儿中有一个叫"学习"。我想佩弦是时时在那里学习的，他对什么都虚心地问，都细心地研究，对方不论是谁，告诉他，他都认认真真地听。举新诗研究为例。他是早期的新诗作者。新诗在二十几年间变得很多，大部分早期作者都掉头不顾了。独有佩弦，他一直留意新诗的发展，探询各方面的意见，揣摩各方面的意见，揣摩各种派别的作品，而且写了不少解析和介绍的文字。有一些一般人不认为诗的诗，他很平心的承认这也是诗，不过不是某些传统里所认为诗的诗。他肯定地说新诗有前途，那前途在于现代人有了新的生活。

说起生活，他也是经常在学习的。本月五日出版的《中建》北平版有《知识分子今天的任务》的座谈记录，他老老实实地说："现在我们过群众生活还过不来。这也不是理性上不愿意接受，理性上是知道该接受的，是习惯上变不过来。所以我对我的学生说，要教育我们得慢慢来。"这其间绝无虚矫之气，却表明他愿意接受学生的"教育"，将习惯慢慢地变过来。向学生受教育，在权威主义的先生们看来是岂有此理的事。可是我确切相信，在生活实践方面，现代的青年实在比中年人老年人进步了不少（糊里糊涂的青年人当然不在此例）。中年人老年人要自己好，就得向青年人学习。

写实在写不出什么，平时的友情，今天的悲感，化为几句话都只是迹象而已，这有什么意义？编辑先生要我当天交稿，只能杂乱地写一些，不能表现出佩弦的若干分之一，很对不起他。

游了三个湖

这回到南方去，游了三个湖。在南京，游玄武湖，到了无锡，当然要望望太湖，到了杭州，不用说，四天的盘桓离不了西湖。我跟这三个湖都不是初相识，跟西湖尤其熟，可是这回只是浮光掠影地看看，写不成名副其实的游记，只能随便谈一点儿。

首先要说的，玄武湖和西湖都疏浚了。西湖的疏浚工程，做的五年的计划，今年四月初开头，听说要争取三年完成，每天挖泥船轧轧轧地响着，连在链条上的兜儿一兜兜地把长远沉在湖底里的黑泥挖起来。玄武湖要疏浚，为的是恢复湖面的面积，湖面原先让淤泥和湖草占去太多了。湖面宽了，游人划船才觉得舒畅，望出去心里也开朗。又可以增多鱼产。湖水宽广，鱼自然长得多了。西湖要疏浚，主要为的是调节杭州城的气候。杭州城到夏天，热得相当厉害，西湖的水深了，多蓄一点儿热，岸上就可以少热一点儿。这些个都是顾到居民的利益。顾到居民的利益，在从前，哪儿有这回事？只有现在的政权，人民自己的政权，才当作头等重要的事儿，在不妨碍国家社会主义工业化的前提之下，非尽可能来办不可。听说，玄武湖平均挖深半公尺以上，西湖准备平均挖深一公尺。

其次要说的，三个湖上都建立了疗养院——工人疗养院或者机关干部疗养院。玄武湖的翠洲有一所工人疗养院，太湖、西湖边上到底有几所疗养院，我也说不清。我只访问了太湖边中犊山的工人疗养院。在从前，卖力气淌汗水的工人哪有疗养的份儿？害了病还不是咬紧牙关带病做活，直到真个挣扎不了，跟工作、生命一齐分手？至于休养，那更是做梦也想不到的事儿，休养等于放下手里的活闲着，放下手里的活闲着，不是连吃不饱肚子的一口饭也没有着落了吗？只有现在这时代，人民当了家，知道珍爱创造种种财富的伙伴，才要他们疗养，而且在风景挺好、气候挺适宜的所在给他们建立疗养院。以前人有句诗道，"天下名山僧占多"。咱们可以套用这一句的意思说，目前虽然还没做到，往后一定会做到，凡是风景挺好、气候挺适宜的所在，疗养院全得占。僧占名山该不该，固然是个问题，疗养院占好所在，那可绝对地该。

　　又其次要说的，在这三个湖边上走走，到处都显得整洁。花草栽得整齐，树木经过修剪，大道小道全扫得干干净净，在最容易忽略的犄角里或者屋背后也没有一点儿垃圾。这不只是三个湖边这样，可以说哪儿都一样。北京的中山公园、北海公园不是这样吗？撇开园林、风景区不说，咱们所到的地方虽然不一定栽花草，种树木，不是也都干干净净，叫你剥个橘子吃也不好意思把橘皮随便往地上扔吗？就一方面看，整洁是普遍现象，不足为奇。就另一方面看，可就大大值得注意。做到那样整洁绝不是少数几个人的事儿。固然，管事的人如栽花的，修树的，扫地的，他们的勤劳不能缺少，整洁是他们的功绩。可是，保持他们的功绩，不让他们的功绩一会儿改了样，那就大家有份，凡是在那里、到那里的人都有份。你栽得整齐，我随便乱踩，不就改了样吗？你扫得干净，我嗑瓜子乱吐瓜子

166

皮，不就改了样吗？必须大家不那么乱来，才能保持经常的整洁。解放以来属于移风易俗的事项很不少，我想，这该是其中的一项。回想过去时代，凡是游览地方、公共场所，往往一片凌乱，一团肮脏，那种情形永远过去了，咱们从"爱护公共财物"的公德出发，已经养成了到哪儿都保持整洁的习惯。

现在谈谈这回游览的印象。

出玄武门，走了一段堤岸，在岸左边上小划子。那是上午九点光景，一带城墙受着晴光，在湖面和蓝天之间划一道界限。我忽然想起四十多年前头一次游西湖，那时候杭州靠西湖的城墙还没拆，在西湖里朝东看，正像在玄武湖里朝西看一样，一带城墙分开湖和天。当初筑城墙当然为的防御，可是就靠城的湖来说，城墙好比园林里的回廊，起掩蔽的作用。回廊那一边的种种好景致，亭台楼馆，花坞假山，游人全看过了，从回廊的月洞门走出来，瞧见前面别有一番境界，禁不住喊一声"妙"，游兴益发旺盛起来。再就回廊这一边说，把这一边、那一边的景致合在一块儿看也许太繁复了，有一道回廊隔着，让一部分景致留在想象之中，才见得繁简适当，可以从容应接。这是园林里修回廊的妙用。湖边的城墙几乎跟回廊完全相仿。所以西湖边的城墙要是不拆，游人无论从湖上看东岸或是从城里出来看湖上，就会感觉另外一种味道，跟现在感觉的大不相同。我也不是说西湖边的城墙拆坏了。湖滨一并排是第一公园至第六公园，公园东面隔着马路，一带相当齐整的市房，这看起来虽然繁复些儿，可是照构图的道理说，还成个整体，不致流于琐碎，因而并不伤美。再说，成个整体也就起回廊的作用。然而玄武湖边的城墙，要是有人主张把它拆了，我就不赞成。不知道为什么，我总觉得那城墙的线条，那城墙的色泽，跟玄武湖的湖光、紫金山复舟山的山色配合在一起，非常调和，看来挺舒服，换个样儿就不够味儿了。

这回望太湖，在无锡鼋头渚，又在鼋头渚附近的湖面上打了个转，坐的小汽轮。鼋头渚在太湖的北边，是突出湖面的一些岩石，布置着曲径蹬道，回廊荷池，丛林花圃，亭榭楼馆，还有两座小小的僧院。整个鼋头渚就是个园林，可是比一般园林自然得多，何况又有浩渺无际的太湖做它的前景。在沿湖的石上坐下，听湖波拍岸，挺单调，可是有韵律，仿佛觉得这就是所谓静趣。南望马迹山，只像山水画上用不太淡的墨水涂上的一抹。我小时候，苏州城里卖芋头的往往喊"马迹山芋艿"。抗日战争时期，马迹山是游击队的根据地。向来说太湖七十二峰，据说实际不止此数。多数山峰比马迹山更淡，像是画家蘸着淡墨水在纸面上带这么一笔而已。至于我从前到过的满山果园的东山，石势雄奇的西山，都在湖的南半部，全不见一丝影儿。太湖上渔民很多，可是湖面太宽阔了，渔船并不多见，只见鼋头渚的左前方停着五六只。风轻轻地吹动桅杆上的绳索，此外别无动静。大概这不是适宜打鱼的时候。太阳渐渐升高，照得湖面一片银亮。碧蓝的天空中飘着几朵若有若无的薄云。要是天气不好，风急浪涌，就会是一幅完全不同的景色。从前人描写洞庭湖、鄱阳湖，往往就不同的气候、时令着笔，反映出外界现象跟主观情绪的关系。画家也一样，风雨晦明，云霞出没，都要研究那光和影的变化，凭画笔描绘下来，从这里头就表达出自己的情感。在太湖边作较长时期的流连，即使不写什么文章，不画什么画，精神上一定会得到若干无形的补益。可惜我来也匆匆，去也匆匆，只能有两三个钟头的勾留。

刚看过太湖，再来看西湖，就有这么个感觉，西湖不免小了些儿，什么东西都挨得近了些儿。从这一边看那一边，岸滩，房屋，林木，全都清清楚楚，没有太湖那种开阔浩渺的感觉。除了湖东岸没有山，三面的山全像是直站到湖边，又没有衬托在背后的远山。于是来了个总的印象：西湖仿佛是盆景。换句话说，有点儿小摆设的味道。这不是给西湖下贬词，只是直说这回的感觉罢了。而且盆景也不坏，只要布局得宜。再说，从稍微远一点儿的地点看全局，才觉得像个盆景，要是身在湖上或是湖边的某一个所在，咱们就成了盆景里的小泥人儿，也就没有像个盆景的感觉了。

　　湖上那些旧游之地都去看看，像学生温习旧课似的。最感觉舒坦的是苏堤。堤岸正在加宽，拿挖起来的泥壅一点儿在那儿，巩固沿岸的树根。树栽成四行，每边两行，是柳树、槐树、法国梧桐之类，中间一条宽阔的马路。妙在四行树接叶交柯，把苏堤笼成一条绿荫掩盖的巷子，掩盖而绝不叫人觉得气闷，外湖和里湖从错落有致的枝叶间望去，似乎时时在变换样儿。在这条绿荫的巷子里骑自行车该是一种愉快。散步当然也挺适合，不论是独个儿、少数几个人还是成群结队。以前好多回经过苏堤，似乎都不如这一回，这一回所以觉得好，就在乎树补齐了而且长大了。

　　灵隐也去了。四十多年前头一回到灵隐就觉得那里可爱，以后每到一回杭州总得去灵隐，一直保持着对那里的好感。一进山门就望见对面的飞来峰，走到峰下向右拐弯，通过春淙亭，佳境就在眼前展开。左边是飞来峰的侧面，不说那些就山石雕成的佛像，就连那山石的凹凸、俯仰、向背，也似乎全是名手雕出来的。石缝里长出些高高矮矮的树木，苍翠、茂密、姿态不一，又给山石添上点缀。

沿峰脚是一道泉流，从西往东，水大时候急急忙忙，水小时候从从容容，泉声就有宏细疾徐的分别。道跟泉流平行。道左边先是壑雷亭，后是冷泉亭，在亭子里坐，抬头可看飞来峰，低头可以看冷泉。道右边是灵隐寺的围墙，淡黄颜色。道上多的是大树，又大又高，说"参天"当然嫌夸张，可真做到了"荫天蔽日"。暑天到那里，不用说，顿觉清凉，就是旁的时候去，也会感觉"身在画图中"，自己跟周围的环境融和一气，挺心旷神怡的。灵隐的可爱，我以为就在这个地方。道上走走，亭子里坐坐，看看山石，听听泉声，够了，享受了灵隐了。寺里头去不去，那倒无关紧要。

这回在灵隐道上大树下走，又想起常常想起的那个意思。我想，无论什么地方，尤其在风景区，高大的树是宝贝。除了地理学、卫生学方面的好处而外，高大的树又是观赏的对象，引起人们的喜悦不比一丛牡丹、一池荷花差，有时还要胜过几分。树冠和枝干的姿态，这些姿态所表现的性格，往往很耐人寻味。辨出意味来的时候，咱们或者说它"如画"，或者说它"入画"，这等于说它差不多是美术家的创作。高大的树不一定都"如画""入画"，可是可以修剪，从审美观点来斟酌。一般大树不比那些灌木和果树，经过人工修剪的不多，风吹断了枝，虫蛀坏了干，倒是常有的事，那是自然的修剪，未必合乎审美观点。我的意思，风景区的大树得请美术家鉴定，哪些不用修剪，哪些应该修剪。凡是应该修剪的，动手的时候要遵从美术家的指点，唯有美术家才能就树的本身看，就树跟环境的照应配合看，决定怎么样叫它"如画""入画"。我把这个意思写在这里，希望风景区的管理机关考虑，也希望美术家注意。我总觉得美术家为满足人民文化生活的要求，不但要在画幅上用功，还得扩大范围，对生活环境的布置安排也费一份心思，加入一份劳力，让环境跟画幅上的创作同样的美——这里说的修剪大树就是其中一个项目。

景泰蓝的制作

　　一天下午，我们去参观北京市手工业公司实验工厂，粗略地看了景泰蓝的制作过程。景泰蓝是多数人喜爱的手工艺品，现在把它的制作过程说一说。

　　景泰蓝拿红铜做胎，为的红铜富于延展性，容易把它打成预先设计的形式，要接合的地方又容易接合。一个圆盘子是一张红铜片打成的，把红铜片放在铁砧上尽打尽打，盘底就洼了下去。一个比较大的花瓶的胎分作几截，大概瓶口、瓶颈的部分一截，瓶腹鼓出的部分一截，瓶腹以下又是一截。每一截原来都是一张红铜片。把红铜片圈起来，两边重叠，用铁椎尽打，两边就接合起来了。要圆筒的哪一部分扩大，就打哪一部分，直到符合设计的意图为止。于是让三截接合起来，成为整个的花瓶。瓶底可以焊上去，也可以把瓶腹以下的一截打成盘子的形状，那就有了底，不用另外焊了。瓶底下面的座子，瓶口上的宽边，全是焊上去的。至于方形或是长方形的东西，像果盒、烟卷盒之类，盒身和盖子都用一张红铜片折成，只要把该接合的转角接合一下就是，也不用细说了。

　　制胎的工作其实就是铜器做的工作，各处城市大都有这种铜器作，重庆还有一条街叫打铜街。不过铜器作打成一件器物就完事，

172

在景泰蓝的作场里，这只是个开头，还有好多繁复的工作在后头呢。

第二步工作叫掐丝，就是拿扁铜丝（横断面是长方形的）粘在铜胎表面上。这是一种非常精细的工作。掐丝工人心里有谱，不用在铜胎上打稿，就能自由自在地粘成图画。譬如粘一棵柳树吧，干和枝的每条线条该多长，该怎么弯曲，他们能把铜丝恰如其分地剪好曲好，然后用钳子夹着，在极稠的白芨浆里蘸一下，粘到铜胎上去。柳树的每个枝子上长着好些叶子，每片叶子两笔，像一个左括号和一个右括号，那太细小了，可是他们也要细磨细琢地粘上去。他们简直是在刺绣，不过是绣在铜胎上而不是绣在缎子上，用的是铜丝而不是丝线、绒线。

他们能自由地在铜胎上粘成山水、花鸟、人物种种图画，当然也能按照美术家的设计图样工作。反正他们对于铜丝好像画家对于笔下的线条，可以随意驱遣，到处合适。美术家和掐丝工人的合作，使景泰蓝器物推陈出新，博得多方面人士的爱好。

粘在铜胎上的图画全是线条画，而且一般是繁笔，没有疏疏朗朗只用少数几笔的。这里头有道理可说。景泰蓝要涂上色料，铜丝粘在上面，涂色料就有了界限。譬如柳条上的每片叶子由两条铜丝构成，绿色料就可以填在两条铜丝中间，不至于溢出来。其次，景泰蓝内里是铜胎，表面是涂上的色料，铜胎和色料，膨胀率不相同。要是色料的面积占得宽，烧过以后冷却的时候就会裂。还有，一件器物的表面要经过几道打磨的手续，打磨的时候着力重，容易使色料剥落。现在在表面粘上繁笔的铜丝图画，实际上就是把表面分成无数小块，小块面积小，无论热胀冷缩都比较细微，又比较禁得起外力，因而就不至于破裂、剥落。通常谈文艺有一句话，叫内容决定形式。咱们在这儿套用一下，是制作方法和物理决定了景泰蓝掐丝的形式。咱们看见有些景泰蓝上画的图案画，在图案画以外，或是红地，或是蓝地，只要占的面积相当宽，那里就嵌几条曲成图案形的铜丝。为什么一色中间还要嵌铜丝呢？无非使较宽的表面分成小块罢了。

粘满了铜丝的铜胎是一件值得惊奇的东西。且不说自在画怎么生动美妙，图案画怎么工整细致，单想想那么多密密麻麻的铜丝没有一条不是专心一志粘上去的，粘上去以前还得费尽心思把它曲成最适当的笔画，那是多么大的工夫！一个二尺半高的花瓶，掐丝就要花四五十个工。咱们的手工艺品往往费大工夫，刺绣、缂丝、象牙雕刻，全都在细密上显能耐。掐丝跟这些工作比起来，可以说不相上下，半斤八两。

刚才说铜丝是蘸了白芨浆粘在铜胎上的，白芨浆虽然稠，却经不住烧，用火一烧就成了灰，铜丝就全都落下来了，所以还得焊。先在粘满了铜丝的铜胎上喷水，然后拿银粉、铜粉、硼砂三种东西拌和，均匀地筛在上边，放到火里一烧，白芨成了灰，铜丝就牢牢地焊在铜胎上了。

随后就是放到稀硫酸里煮一下，再用清水洗。洗过以后，表面的氧化物和其他脏东西都去掉了，涂上的色料才可以紧贴着红铜，制成品才可以结实。

于是轮到涂色料的工作了，他们管这个工作叫点蓝。涂上的色料有好些种，不只是一种蓝色料，为什么单叫点蓝呢？原来这种制作方法开头的时候多用蓝色料，当时叫点蓝，就此叫开了（我们苏州管银器上涂色料叫发蓝，大概是同样的理由）。这种制品从明朝景泰年间十五世纪中叶开始流行，因而总名叫景泰蓝。

用的色料就是制颜色玻璃的原料，跟涂在瓷器表面的釉料相类。我们在作场里看见的是一块块不整齐的硬片，从山东博山运来的。这里头基本质料是硼砂、硝石和碱，因所含的金属矿质不同，颜色也就各异。大概含铁的作褐色，含铀的作黄色，含铬的作绿色，含锌的作白色，含铜的作蓝色，含金含硒的作红色……

他们把那些硬片放在铁臼里捣碎研细，筛成细末应用。细末里头不免搀和着铁臼上磨下来的铁屑，他们利用吸铁石除掉它。要是吸得不干净，就会影响制成品的光彩。看来研磨色料的方法得讲求改良。

各种色料的细末都盛在碟子里，和着水，像画家的画桌上一样，五颜六色的碟子一大堆。点蓝工人用挖耳似的家伙舀着色料，填到铜丝界成的各种形式的小格子里。大概是熟极了的缘故，不用看什么图样，自然知道哪个格子里该填哪种色料。湿的色料填在格子里，比铜丝高一些。整个表面填满了，等它干燥以后，就拿去烧。一烧就低了下去，于是再填，原来红色的地方还是填红色料，原来绿色的地方还是填绿色料。要填到第三回，烧过以后，色料才跟铜丝差不多高低。

现在该说烧的工作了。涂色料的工作既然叫点蓝，不用说，烧的工作当然叫烧蓝。一个烧得挺旺的炉子，燃料用煤，炉膛比较深，周围不至于碰着等着烧的铜胎。烧蓝工人把涂好色料的铜胎放在铁架子上，拿着铁架子的弯柄，小心地把它送到炉膛里去。只要几分钟工夫，提起铁架子来，就看见铜胎全体通红，红得发亮，像烧得正旺的煤。可是不大工夫红亮就退了，涂上的色料渐渐显出它的本色，红是红、绿是绿的。

涂了三回烧了三回以后，就是打磨的工作了。先用金刚砂石水磨，目的在使成品的表面平整。所谓平整，一是铜丝跟涂上的色料一样高低，二是色料本身也不许有一点儿高高洼洼。磨过以后又烧一回，再用磨刀石水磨。最后用椴木炭水磨，目的在使成品的表面光润。椴木木质匀净，用它的炭来水磨，成品的表面不起丝毫纹路，越磨越显得鲜明光滑。旁的木炭都不成。

椴木炭磨过，看来晶莹灿烂，没有一点儿缺憾，成一件精制品了，可是全部工作还没完，还得镀金。金镀在全部铜丝上，方法用电镀。镀了金，铜丝就不会生锈了。

全部工作是手工，只有待打磨的成品套在转轮上，转轮由马达带动的皮带转动，算是借一点儿机械力。可是拿着蘸水的木炭、磨刀石挨着转动的成品，跟它摩擦，还得靠打磨工人的两只手。起瓜楞的花瓶就不能套在转轮上打磨，因为表面有高有低，洼下去的地方磨不着。那非纯用手工打磨不可。

黄山三天

　　我游黄山只有三天，真用得上"窥豹一斑"那个成语。可是我还是要写这篇简略的游记，目的在劝人家去游。有心研究植物的可以去。我虽然说不清楚，可是知道植物种类一定很多。山高将近两千公尺，从下层到最高处该可以把植物分成几个主要的族类来研究。研究地质矿石的也可以去。谁要是喜欢爬山翻岭，锻炼体力和意志，那么黄山真是个理想的地方。那么多的山峰尽够你爬的，有几处相当险，需要你付出十二分的小心，满身的大汗。可是你也随时得到报酬，站在一个新的地点，先前见过的那些山峰又有新的姿态了。就说不为以上说的那些目的，光到那里去看看大自然，山啊，云啊，树木啊，流泉啊，也可以开开眼界，宽宽胸襟，未尝没有好处。

　　从杭州依杭徽公路到黄山大约三百公里。公共汽车可以到黄山南边脚下的汤口，小包车可以再上去一点儿，到温泉。温泉那里有旅馆。山上靠北边的狮子林那里也有旅馆。山上中部偏南的文殊院原来可以留宿，1952 年烧毁了，现在就文殊院原址建筑旅馆，年内可以完工。住狮子林便于游黄山的北部和西部，住文殊院便于游中部，主要是天都峰和莲花峰。

　　上山下山的路上全都铺石级，宽的五六尺，窄的不到三尺。路在裸露的大石上通过，就凿石成级。大石面要是斜度大，凿成的石级就非常陡，旁边或者装一道石栏或者拦一条铁索。山泉时时渗出，石上潮湿，路旁边又往往是直下绝壁，这样的防备是必要的。

现在约略说一说我们所到的几处地方。写游记最难叫读者弄清楚位置和方向，前啊，后啊，左啊，右啊，说上一大堆，读者还是捉摸不定。我想把它说清楚，恐怕未必真能办到。我们所到的地点，温泉最南，狮子林最北，这两处几乎正直。我们走的东路，先到温泉东边的苦竹溪，在那里上山。一路取西北方向，好比是直角三角形的一条弦，经过九龙瀑、云谷寺，最后到狮子林住宿，那里的高度大约一千七百公尺。这段路据说是三十多里。第二天下了一天的雨，旅馆楼窗外一片白茫茫，什么都看不见。台阶前几棵松树，有时只显出朦胧的影子，有时也完全看不见。偶尔开门，雾气就卷进屋来。当然没法游览了，只好守在小楼上听雨。第三天放晴，我们登了狮子林背面的清凉台，又登了狮子林偏东南的始信峰，然后大体上向南走，到了光明顶。在这两三个钟点内，我们饱看了"云海"。有些游客在山上守了好几天，要看"云海"，终于没看成，快快而下。我们不存一定要看到的想头，却碰巧看到了。在光明顶南望天都峰和莲花峰，天都在东，莲花在西，两峰之间就是文殊院。从前有人说天都最高，有人说莲花最高，据说最近实测，光明顶最高。那里正在建筑房屋，准备测量气象的人员在那里经常工作。我们绕过莲花峰的西半边到文殊院，又绕过天都峰的西南脚，一路而下，回到温泉。说绕过，可见这段路的方向时时改变，可是大体上还是向南。从狮子林曲折向南，回到温泉，据说也是三十多里。我们所到的只是黄山东半边靠南的部分，整个黄山究竟有多大，我没有参考什么图籍，说不上。

以下就前一节提到的分别记一点儿。

九龙瀑曲折而下，共九截，第二截最长。形式很有致，可惜瘦些。山泉大的时候，应该更可观。附带说一说人字瀑。人字瀑在温泉旅馆那儿。高处山泉流到大石壁的顶部，分为左右两道，沿着石壁的边缘泻下，约略像个人字。也嫌瘦，瘦了就减少了瀑布的意味。

云谷寺没有寺了，只留寺基。台阶前有一棵异萝松，说是树上长着两种不同形状的叶子。我们仔细察看，只见一枝上长着长圆形的小叶子，跟绝大部分的叶子不同。就绝大部分的叶子形状和翠绿色看来，那该是柏树，不知道为什么叫它松。年纪总有几百岁了。

清凉台和始信峰的顶部都是稍微向外突出的悬崖，下边是树木茂密的深壑。站脚处很窄，只能容七八个人，要不是有石栏杆，站在那儿不免要心慌。如果风力猛，恐怕也不容易站稳。文殊院前边的文殊台比较宽阔些，可是靠南突出的东西两块大石，顶部凿平，留着边缘作自然的栏杆，那地位更窄了，只能容两三个人。光明顶虽是黄山最高处，却比较开阔平坦，到那里就像在平地上走一样。

我们就在前边说的几处地方看"云海"。望出去全是云，大体上可以说铺平，可是分别开来看，这边荡漾着又细又缓的波纹，那边却涌起汹涌澎湃的浪头，千姿万态，尽够你做种种想象。所有的山全没在云底下，只有几座高峰露顶，作暗绿色，暗到几乎黑，那自然可以想象作海上的小岛。

在光明顶看天都峰和莲花峰，因为是平视，看得最清楚。就岩石的纹理看，用中国画的术语就是就岩石的皴法看，这两个峰显然不同。天都峰几乎全都是垂直线条，所有线条排得相当密，引起我们一种高耸挺拔的感觉。莲花峰的岩石大略成莲花瓣的形状，一瓣瓣堆叠得相当整齐，就整个峰看，我们想象到一朵初开的莲花。莲花峰这个名称不知道是谁给取的，居然形容得那么切当。

前边说我们绕过莲花峰的西半边到文殊院，这条路很不容易走。道上要经过鳌鱼背。鳌鱼背是巨大的岩石，中部高起，坡度相当大。凿在岩石上的石级又陡又窄，右手边望下去是绝壁。下了鳌鱼背穿过鳌鱼洞，那是个天然的洞，从前人修山路就从洞里通过去。出了洞还得爬上百步云梯，又是很陡很险的石级。这才到达文殊院。

从文殊院绕过天都峰的西南脚，这条路也不容易走。极窄的路介在石壁之间，石壁渗水，石级潮湿，立脚不稳就会滑倒。有几处石壁倾斜，跟对面的石壁构成个不完整的山洞，几乎碰着我们的头顶，我们就非弓着身子走不可。

走完了这段路，我们抬头望爬上天都峰的路，陡极了，大部分有铁链条作栏杆。我们本来不准备上去，望望也够了。据说将要到峰顶的时候有一段路叫鲫鱼背，那是很窄的一段山脊，只容一个人过，两边都没依傍，地势又那么高，心脏不强健的人是绝不敢过的。一阵雾气浮过，顶峰完全显露，我们望见了鲫鱼背，那里也有铁链条。我想，既然有铁链条，大概我也能过去。

我们也没上莲花峰。听说登莲花峰顶要穿过几个洞，像穿过藕孔似的。山峰既然比作莲花，山洞自然联想到藕孔了。

现在说一说温泉。我到过的温泉不多，只有福州、重庆、临潼几处。那几处都有硫黄味。黄山的温泉却没有。就温度说，比那几处都高些，可也并不热得叫人不敢下去。池子里小石粒铺底，起沙滤作用，因而水经常澄清。坐在池子里的石块上，全身浸在水里，只露出个脑袋，伸伸胳膊，擦擦胸脯，温热的感觉遍布全身，舒畅极了。这个温泉的温度据说自然能调节，天热的时候凉些，天凉的时候热些。我想这或许是由于人的感觉，泉水的温度跟大气的温度相比，就见得凉些热些了。这个猜想对不对，不敢断定。

我们在狮子林宿两宵，都盖两条被。听雨那一天留心看寒暑表，清早是华氏六十度，后来升到六十二度。那一天是八月二十九日。三十一日回到杭州，西湖边是八十六度。黄山上半部每年三月底四月初还可能下雪，十一月间就让冰雪封了。最适宜上去游览的当然是夏季。

爬山虎的脚

学校操场北边墙上满是爬山虎。我家也有爬山虎，从小院的西墙爬上去，在房顶上占了一大片地方。

爬山虎刚长出来的叶子是嫩红色。不几天叶子长大，就变成嫩绿色。爬山虎在十月以前老是长茎长叶子。新叶子很小，嫩红色不几天就变绿，不大引人注意。引人注意的是长大的叶子。那些叶子绿得那么新鲜，看着非常舒服。那些叶子铺在墙上那么均匀，没有重叠起来的，也不留一点儿空隙。叶尖儿一顺儿朝下，齐齐整整的，一阵风拂过，一墙的叶子就漾起波纹，好看得很。

以前我只知道这种植物叫爬山虎，可不知道它怎么能爬。今年我注意了，原来爬山虎是有脚的。植物学上大概有另外的名字。动物才有脚，植物怎么会长脚呢？可是用处跟脚一个样，管它叫脚想也无妨。

爬山虎的脚长在茎上。茎上长叶柄儿的地方，反面伸出枝状的六七根细丝，每根细丝头上长个小圆球儿。细丝和小圆球儿跟新叶子一样，也是嫩红色。这就是爬山虎的脚。

爬山虎的脚触着墙的时候，小圆球就成了一个小吸盘。六七个圆圆的小吸盘就巴住了墙，枝状的细丝原先是直的，现在弯曲了，把爬山虎的嫩茎拉一把，使它紧贴在墙上。爬山虎就这样一脚一脚地往上爬。如果你仔细看那些细小的脚，你会想起图画上蛟龙的爪子。

爬山虎的脚要是没触着墙，不几天就萎了，后来连痕迹也没有了。触着墙的，细丝和小吸盘逐渐变成灰色。不要瞧不起那些灰色的脚，那些脚巴在墙上相当牢固，要是你的手指不费一点儿劲儿，休想拉下爬山虎的一根茎。

记金华的两个岩洞

今年四月十四日，我在浙江金华，游北山的两个岩洞，双龙洞和冰壶洞。洞有三个，最高的一个叫朝真洞，洞中泉流跟冰壶、双龙上下相贯通，我因为足力不济，没有到。

出金华城大约五公里到罗店。那里的农业社兼种花，种的是茉莉、白兰、珠兰之类，跟我们苏州虎丘一带相类，但是种花的规模不及虎丘大。又种佛手，那是虎丘所没有的。据说佛手要那里的土培植，要双龙泉水灌溉，才长得好，如果移到别处，结成的佛手就像拳头那么一个，没有长长的指头，不成其为"手"了。

过了罗店就渐渐入山。公路盘曲而上，工人正在填石培土，为巩固路面加工。山上几乎开满映山红，比较盆栽的杜鹃，无论花朵和叶子，都显得特别有精神。油桐也正开花，这儿一丛，那儿一簇，很不少。我起初以为是梨花，后来认叶子，才知道不是。丛山之中有几脉，山上砂土作粉红色，在他处似乎没有见过。粉红色的山，各色的映山红，再加上或深或淡的新绿，眼前一片明艳。

一路迎着溪流。随着山势，溪流时而宽，时而窄，时而缓，时而急，溪声也时时变换调子。入山大约五公里就到双龙洞口，那溪流就是从洞里出来的。

在洞口抬头望，山相当高，突兀森郁，很有气势。洞口像桥洞似的作穹形，很宽。走进去，仿佛到了个大会堂，周围是石壁，头上是高高的石顶，在那里聚集一千或是八百人开个会，一定不觉得拥挤。泉水靠着洞口的右边往外流。这是外洞，因为那边还有个洞口，洞中光线明亮。

在外洞找泉水的来路，原来从靠左边的石壁下方的孔隙流出。虽说是孔隙，可也容得下一只小船进出。怎样小的小船呢？两个人并排仰卧，刚合适，再没法容第三个人，是这样小的小船。船两头都系着绳子，管理处的工友先进内洞，在里边拉绳子，船就进去，在外洞的工友拉另一头的绳子，船就出来。我怀着好奇的心情独个儿仰卧在小船里，遵照人家的嘱咐，自以为从后脑到肩背，到臀部，到脚跟，没一处不贴着船底了，才说一声"行了"，船就慢慢移动。眼前昏暗了，可是还能感觉左右和上方的山石似乎都在朝我挤压过来。我又感觉要是把头稍微抬起一点儿，准会撞破了额角，擦伤了鼻子。大约行了二三丈的水程吧（实在也说不准确），就登陆了，那就到了内洞。要不是工友提着汽油灯，内洞真是一团漆黑，什么都看不见。即使有了汽油灯，还只能照见小小的一搭地方，余外全是昏暗，不知道有多么宽广。工友以导游者的身份，高高举起汽油灯，逐一指点内洞的景物。首先当然是蜿蜒在洞顶的双龙，一条黄龙，一条青龙。我顺着他的指点看，有点儿像。其次是些石钟乳和石笋，这是什么，那是什么，大都依据形状想象成仙家、动物以及宫室、器用，名目有四十多。这是各处岩洞的通例，凡是岩洞都有相类的名目。我不感兴趣，虽然听了，一个也没有记住。

有岩洞的山大多是石灰岩。石灰岩经地下水长时期的浸蚀，形成岩洞。地下水含有碳酸，石灰岩是碳酸钙，碳酸钙遇着水里的碳酸，就成酸性碳酸钙。酸性碳酸钙是溶解于水的，这是岩洞形成和逐渐扩大的缘故。水渐渐干的时候，其中碳酸分解成水和二氧化碳气跑走，剩下的又是固体的碳酸钙。从洞顶下垂，凝成固体的，就是石钟乳，点滴积累，凝结在洞底的，就是石笋，道理是一样的。唯其如此，凝成的形状变化多端，再加上颜色各异，即使不比作什么什么，也就值得观赏。

在洞里走了一转，觉得内洞比外洞大得多，大概有十来进房子那么大。泉水靠着右边缓缓地流，声音轻轻的。上源在深黑的石洞里。

查《徐霞客游记》，霞客在崇祯九年（一六三六年）十月初十日游三洞。郁达夫也到过，查他的游记，是一九三三年十一月十二日。达夫游记说内洞石壁上"唐宋人的题名石刻很多，我所见到的，以庆历四年的刻石为最古。……清人题壁，则自乾隆以后绝对没有了，盖因这里洞，自那时候起，为泥沙淤塞了的缘故"。达夫去的时候，北山才经整理，旧洞新辟。到现在又是二十多年了，最近北山再经整理，公路修起来了，休憩茶饭的所在布置起来了，外洞内洞收拾得干干净净。我去的那一天是星期日，游人很不少，工人、农民、干部、学生都有，外洞、内洞闹哄哄的，要上小船得排队等候好一会儿。这种景象，莫说徐霞客，假如达夫还在人世，也一定会说二十年前决想不到。

我排队等候，又仰卧在小船里，出了洞。在外洞前边休息了一会儿，就往冰壶洞。根据刚才的经验，知道洞里潮湿，穿布鞋非但容易湿透，而且把不稳脚。我就买一双草鞋，套在布鞋上。

从双龙洞到冰壶洞有石级。平时没有锻炼，爬了三五十级就气吁吁的，两条腿一步重一步了，两旁的树木山石也无心看了。爬爬歇歇直到冰壶洞口，也没有数一共多少级，大概有三四百级吧。洞口不过小县城的城门那么大，进了洞就得往下走。沿着石壁凿成石级，一边架设木栏杆以防跌下去，跌下去可真不是玩儿的。工友提着汽油灯在前边引导，我留心脚下，踩稳一脚再挪动一脚，觉得往下走也不比向上爬轻松。

忽然听见水声了，再往下没有多少步，声音就非常大，好像整个洞里充满了轰轰的声音，真有逼人的气势，就看见一挂瀑布从石隙吐出来，吐出来的地方石势突出，所以瀑布全部悬空，上狭下宽，高大约十丈。身在一个不知道多么大的岩洞里，凭汽油灯的光平视这飞珠溅玉的形象，耳朵里只听见它的轰轰，脸上手上一阵阵地沾着飞来的细水滴，这是平生从未经历的境界，当时的感受实在难以描述。

再往下走几十级，瀑布就在我们上头，要抬头看了。这时候看见一幅奇景，好像天蒙蒙亮的辰光正下急雨，千万支银箭直射而下，天边还留着几点残星。这个比拟是工友说给我听的，听了他说的，抬头看瀑布，越看越有意味。这个比拟比较把石钟乳比作狮子和象之类，意境高得多了。

在那个位置上仰望，瀑布正承着洞口射进来的光，所以不须照灯，通体雪亮，所谓残星，其实是白色石钟乳的反光。

这个瀑布不像一般瀑布，底下没有潭，落到洞底就成伏流，是双龙洞泉水的上源。

现在把徐霞客记冰壶洞的文句抄在这里，以供参证。"洞门仰如张吻。先投杖垂炬而下，滚滚不见其底。乃攀隙倚空入。忽闻水声轰轰，秉炬从之，则洞之中央，一瀑从空下坠，冰花玉屑，从黑暗处耀成洁彩。水穴石中，莫稔所去。乃依炬四穷，其深陷逾朝真，而屈曲少逊。"

苏州园林[①]

　　苏州园林据说有一百多处，我到过的不过十多处。其他地方的园林我也到过一些。倘若要我说说总的印象，我觉得苏州园林是我国各地园林的标本，各地园林或多或少都受到苏州园林的影响。因此，谁如果要鉴赏我国的园林，苏州园林就不该错过。

　　设计者和匠师们因地制宜，自出心裁，修建成功的园林当然各个不同。可是苏州各个园林在不同之中有个共同点，似乎设计者和匠师们一致追求的是：务必使游览者无论站在哪个点上，眼前总是一幅完美的图画。为了达到这个目的，他们讲究亭台轩榭的布局，讲究假山池沼的配合，讲究花草树木的映衬，讲究近景远景的层次。总之，一切都要为构成完美的图画而存在，决不容许有欠美伤美的败笔。他们唯愿游览者得到"如在画图中"的美感，而他们的成绩实现了他们的愿望，游览者来到园里，没有一个不心里想着口头说着"如在画图中"的。

　　我国的建筑，从古代的宫殿到近代的一般住房，绝大部分是对

---

　　① 选自《百科知识》1979 年第 4 期。略有删节。原题为《拙政诸园寄深眷——谈苏州园林》。拙政园，苏州古典园林之一，始建于明正德年间（1506—1521）。

称的，左边怎么样，右边也怎么样。苏州园林可绝不讲究对称，好像故意避免似的。东边有了一个亭子或者一道回廊，西边决不会来一个同样的亭子或者一道同样的回廊。这是为什么？我想，用图画来比方，对称的建筑是图案画，不是美术画，而园林是美术画，美术画要求自然之趣，是不讲究对称的。

苏州园林里都有假山和池沼。假山的堆叠，可以说是一项艺术而不仅是技术。或者是重峦叠嶂，或者是几座小山配合着竹子花木，全在乎设计者和匠师们生平多阅历，胸中有丘壑，才能使游览者攀登的时候忘却苏州城市，只觉得身在山间。至于池沼，大多引用活水。有些园林池沼宽敞，就把池沼作为全园的中心，其他景物配合着布置。水面假如成河道模样，往往安排桥梁。假如安排两座以上的桥梁，那就一座一个样，决不雷同。池沼或河道的边沿很少砌齐整的石岸，总是高低屈曲任其自然。还在那儿布置几块玲珑的石头，或者种些花草：这也是为了取得从各个角度看都成一幅画的效果。池沼里养着金鱼或各色鲤鱼，夏秋季节荷花或睡莲开放，游览者看"鱼戏莲叶间"，又是入画的一景。

苏州园林栽种和修剪树木也着眼在画意。高树与低树俯仰生姿。落叶树与常绿树相间，花时不同的多种花树相间，这就一年四季不感到寂寞。没有修剪得像宝塔那样的松柏，没有阅兵式似的道旁树：因为依据中国画的审美观点看，这是不足取的。有几个园里有古老的藤萝，盘曲嶙峋的枝干就是一幅好画。开花的时候满眼的珠光宝气，使游览者感到无限的繁华和欢悦，可是没法说出来。

游览苏州园林必然会注意到花墙和廊子。有墙壁隔着，有廊子界着，层次多了，景致就见得深了。可是墙壁上有砖砌的各式镂空图案，廊子大多是两边无所依傍的，实际是隔而不隔，界而未界，因而更增加了景致的深度。有几个园林还在适当的位置装上一面大镜子，层次就更多了，几乎可以说把整个园林翻了一番。

游览者必然也不会忽略另外一点，就是苏州园林在每一个角落都注意图画美。阶砌旁边栽几丛书带草。墙上蔓延着爬山虎或者蔷薇木香。如果开窗正对着白色墙壁，太单调了，给补上几竿竹子或几棵芭蕉。诸如此类，无非要游览者即使就极小范围的局部看，也能得到美的享受。

苏州园林里的门和窗，图案设计和雕镂琢磨功夫都是工艺美术的上品。大致说来，那些门和窗尽量工细而决不庸俗，即使简朴而别具匠心。四扇，八扇，十二扇，综合起来看，谁都要赞叹这是高度的图案美。摄影家挺喜欢这些门和窗，他们斟酌着光和影，摄成称心满意的照片。

苏州园林与北京的园林不同，极少使用彩绘。梁和柱子以及门窗栏杆大多漆广漆，那是不刺眼的颜色。墙壁白色。有些室内墙壁下半截铺水磨方砖，淡灰色和白色对衬。屋瓦和檐漏一律淡灰色。这些颜色与草木的绿色配合，引起人们安静闲适的感觉。花开时节，更显得各种花明艳照眼。

可以说的当然不只以上这些，这里不再多写了。

我钦新凤霞

新凤霞演得一手好评剧，我早就知道；她还写得一手好文章，到去年才知道。

听孩子们说新凤霞有一篇文章写得挺好，发表在一本刊物上，就叫他们找来念给我听。原来是记齐白石老先生的。齐老先生的遗闻逸事也常听人说起，可是都没有新凤霞写得那么真。她不加虚饰，不落俗套，写的就是她心目中的齐老先生。我闭着眼睛听孩子念下去，仿佛看见了一位性情、习惯都符合他的出身、年龄、地位的老画家，同时也认识了一位敏慧的善于揣摩、体贴别人的心思而笔下绝不做作的新凤霞。于是叫孩子们去翻捡报刊，捡到新凤霞的东西再给我念，我又听了好几篇，都满意。

去年九月间，在一个招待会上遇见祖光。我问了新凤霞的健康情况，就说她写的东西好，希望她多写。祖光说她写了不少了，已经编成集子交给香港三联书店，还说既然我喜欢，出版之后就给我送去。没隔多久，祖光果然把《新凤霞回忆录》送来了，两指厚的一册，装帧挺惹人喜爱，收入几十幅照片，还有丁聪和黄黑蛮的插图。这本图文并茂的集子一到我们家，大大小小都争着看，看了不算，还要在饭桌上议论。我只好凑他们的空，挑一两篇让他们给我念。有时候等不及，就戴起老花镜，拿起放大镜，看它三页五页。好在看新凤霞的东西就像听她聊天，眼睛倦了，闭上休息一会儿也无妨。

新凤霞为什么能写得这样好，成了我家在饭桌上讨论的题目。她是祖光的夫人，得到老舍先生的鼓励，得到许多好朋友的支持，这些当然都是条件。但是有了这些好条件准能写出好东西来，怕也未必。主要的还在她的生活经历丰富。小时候受苦深，学艺不容易，解放以后在政治上翻了身，却又遭到不少波折……她写的不就是这些吗？她写老一辈艺人的苦难，旧班子旧剧场的黑幕；她写新时代评剧的改革，演员的新生；她写十年的浩劫，许多朋友遭到了厄运。要不是亲身经历过来，她也没有什么可写的了。但是从另外一方面想，跟她同辈的演员，经历大多跟她相仿，也有写回忆录的，像她这样畅达而深刻的似乎不多。这又为什么呢？

写东西当然得有丰富的生活经历，可是把经历写下来，要写得像个样儿，还得有一套本领。新凤霞就有这套本领，她能揣摩各种人物随时随地的内心世界，真够得上说体贴入微了。这套本领很可能是她从小学艺的时候练成的。她拜过几位师傅，几位师傅都没有认真教过她，她只好"看戏偷戏"——在戏院里偷着学。演龙套的时候在台上看戏，不上台的时候躲在后台看戏，她一边看一边揣摩，角儿在台上为什么这么唱这么做，为什么这么唱这么做才符合剧中人的身份和年龄，表现出剧中人的性格和心情。她不但看评剧，还看京剧、梆子、曲艺、话剧，都一边看一边揣摩。这功夫可下得深哪。先就人家唱的做的揣摩剧中人，进一步又就剧中人的身份、年龄、性格、心情揣摩自己上台去该怎么唱怎么做才更合式，新的角色就这么创造出来了，为评剧的革新做出了贡献。

是否可以这样说，新凤霞在舞台上取得成功，就因为她从小养成了观察和揣摩的习惯。观察和揣摩本来是生活的需要，做事的需要，同时也是写东西的先决条件，而在她已经成了习惯，难怪她能写得这样好，让人读着就像看她演戏一样受她的吸引。

祖光要我写几句话鼓励鼓励新凤霞。我只能说她这本回忆录给了我极好的享受，我非常感谢。能说的话确也有几句，只是意思平常，不敢藏拙，就写成这篇短文。

子恺的画

　　推算起来大概是一九二五年的秋天，那时子恺在立达学园教西洋绘画，住在江湾。那一天振铎和愈之拉我到他家里去看他新画的画。画都没有装裱，用图钉别在墙壁上，一幅挨一幅的，布满了客堂的三面墙壁。是个相当简陋而又非常丰富的个人画展。

　　有许多幅，画题是一句诗或者一句词，像《卧看牵牛织女星》《翠拂行人首》《无言独上西楼》，等等。有两幅，我至今还如在眼前。一幅是《今夜故人来不来，教人立尽梧桐影》。画面上有梧桐，有站在树下的人，耐人寻味的是斜拖在地上的长长的影子。另一幅是《人散后，一钩新月天如水》。画的是廊下栏杆旁的一张桌子，桌子上凌乱地放着茶壶茶杯。帘子卷着，天上只有一弯新月。夜深了，夜气凉了，乘凉聊天的人散了——画面表现的正是这些画不出来的情景。

　　此外的许多幅都是从现实生活中取材的，画孩子的特别多。记得有一幅《阿宝赤膊》，两条胳膊交叉护在胸前，只这么几笔，就把小女孩的不必要的娇羞表现出来了。还有一幅《花生米不满足》，后来佩弦谈起过，说看了那孩子争多嫌少的神气，使他想起了"恋赖的儿时"。其实描写出内心的"不满足"的，也只是眼睛眉毛寥寥的几笔。

此外还有些什么，我记不清了；当时看画的还有谁，也记不清了。大家看着墙壁上的画说各自的看法，有时也发生一些争辩。子恺谢世后我写过一首怀念他的诗，有一句"漫画初探招共酌"，记的就是那一天的事。"共酌"是共同斟酌研讨，并不是说在子恺家里喝了酒。总之，大家都赞赏子恺的画，并且怂恿他选出一部分来印一册画集，那就是一九二五年底出版的《子恺漫画》。

那一天的欢愉是永远值得怀念的。子恺的画开辟了一个新的境界，给了我一种不曾有过的乐趣。这种乐趣超越了形似和神似的鉴赏，而达到相与会心的感受。就拿以诗句为题材的画来说吧，以前读这首诗这阕词的时候，心中也曾泛起过一个朦胧的意境，正是子恺的画笔所抓住的。而在他，不是什么朦胧的了，他已经用极其简练的笔墨，把那个意境表现在他的画幅上了。

从现实生活中取材的那些画，同样引起我的共鸣。有些事物我也曾注意过，可是转眼就忘记了；有些想法我也曾产生过，可是一会儿就丢开，不再去揣摩了。子恺却有非凡的能力把瞬间的感受抓住，经过提炼深化，把它永远保留在画幅上，使我看了不得不引起深思。

隔了一年多，子恺的第二本画集出版了，书名直截了当，就叫《子恺画集》。记得这第二本全都从现实生活取材，不再有诗句词句的题材了。当时我想过，这样也好，诗词是古代人写的，画得再好，终究是古代人的思想感情。"旧瓶"固然可以"装新酒"，那可不是容易的事，弄得不好就会落入旧的窠臼。现实生活中可画的题材多得很，尤其是子恺，他非常善于抓住瞬间的感受，正该从这方面舒展他的才能。

佩弦的意见跟我差不多，他在《子恺画集》的跋文中说："本集索性专载生活的速写，却觉精彩更多。"他称赞的《瞻瞻的车》和《阿宝两只脚，凳子四只脚》，这几幅都是我非常喜欢的。还有佩弦提到的《东洋和西洋》和《教育》，我也认为非常有意思。《东洋和西洋》画一个大出丧的行列，开路的扛着"肃静""回避"的行牌，来到十字路口，让指挥交通的印度巡捕给拦住，横路上正有汽车开过——东方的和西方的，封建的和殖民地的，在十字路口碰头了，真是耐人深思的一瞬间啊！《教育》画的是一个工匠在做泥人，他板着脸，把一团一团泥使劲往模子里按，按出来的是一式一样的泥人。是不是还有人在认真地做这个工匠那样的工作呢？直到现在，还值得我们深刻反省。

第二本画集里还有好些幅工整的钢笔画。其中的《挑荠菜》《断线鹞》《卖花女》，曾经引起当时在北京的佩弦对江南的怀念。我想，要是我再看这些幅画，一定会像佩弦一样怀念起江南、怀念起儿时来。扉页上还有一幅钢笔画，画一个蜘蛛网，粘着许多花瓣儿，中央却坐着一个人。扉页背面印上了两句古人的词："檐外蛛丝网落花，也要留春住。"这样看来，蜘蛛网中央的人就是子恺自己了。他大概要说明，他画这些画，无非为了留住一些刹那间的感受。我连带想到，近来受了各方面的督促，常常要写些回忆老朋友的诗文，这就有点儿像子恺画在蜘蛛网中央的那个人了。